長編小説

みだら三姉妹の島

葉月奏太

竹書房文庫

目次

この作品は竹書房文庫のために
書き下ろされたものです。

第一章　欲望深き島の夜

1

穏やかな瀬戸内海を一艘の連絡船がゆっくり進んでいる。

午後の日射しが水面に反射してキラキラと輝く。板倉浩介《いたくらこうすけ》は連絡船の座席から、美しい海を眺めていた。

朝早くに羽田空港を発ち、電車とバスを乗り継ぎ、今は連絡船に乗っている。向かう先は瀬戸内海に浮かぶ小さな島だ。

浩介は東京に本社を置く不動産会社に勤務している。

大学を卒業して就職すると開発部に配属された。宅地造成用の山林や原野を調査して買い取ったり、郊外型商業施設の企画開発などを行なってきた。二十九歳になった今はリゾート開発にかかわっている。

そして、今回は温泉リゾート施設の開発メンバーに選ばれた。会社としても力が入っている大きなプロジェクトだ。

瀬戸内海のまだ知られていない島を温泉リゾートとして開発する計画だ。

美しい海の眺望と温泉がセットになれば、人気が出るのは間違いない。そこで大小合わせて七百ほどあるという瀬戸内海の島々を徹底的に調査して、「久我島《くがじま》」という島に白羽の矢が立った。

温泉が出るのは当然として、レモンやミカンなどの柑橘《かんきつ》系の栽培と漁業が盛んなことに目をつけた。温泉リゾートで新鮮な海の幸を味わえるだけではなく、果樹園ツアーを抱き合わせるのがポイントだ。

柑橘類を島のブランド果実にすれば、土産物《みやげもの》として売ることができる。人気が出れば通信販売もはじめる予定だ。柑橘を使ったジュースや酒、お菓子などの開発も計画に入っていた。

久我島には無限の可能性がある。

しかし、まずは島の土地の大部分を所有している地主と交渉して、了解を取りつけなければならない。

そして、浩介が最初の交渉役に抜擢された。

一週間の出張で、上司にしっかり口説《くど》いてこいと命じられている。最低でも相手の懐《ふところ》に入りこみ、足がかりだけでも作らなければならない。手ぶらで東京に帰るわけにはいかなかった。

（でも、俺にできるのか？）

ふと弱気が頭をもたげる。

これまでも、ひとりで交渉して契約をまとめたことはあるが、これほど大きなプロジェクトは経験がない。温泉リゾートは莫大な利益を生む。正直なところ浩介には荷が重いが、失敗は許されなかった。

決意を胸に秘めて、再び窓の外に視線を向ける。

今、浩介が乗っているのは、定員二十名の小さな連絡船だ。一日に三回、本州と島を往復している。船内をさっと見まわしたところ、島民らしき人たちと、釣り竿《ざお》とクーラーボックスを持っている客が数名いるだけだ。そのなかにあって、スーツ姿の浩介は少々浮いている感じがした。

温泉リゾートが開業すれば、大勢の観光客が訪れることになる。船を大型にして便数を増やし、島の港も整備する必要があるだろう。だが、それらの心配は交渉が成立してからの話だ。

（まずは、俺がしっかりやらないと）

あらためて気合を入れたとき、窓の外に桟橋《さんばし》が見えた。

コンクリート製の飾り気のない桟橋で、ところどころひび割れている。かなり年季が入っているが、今のところは小型の連絡船が接岸するだけなので、とくに問題はないのだろう。

久我島の桟橋に降り立つと、潮《しお》の香りを含んだ春の風が吹き抜けた。

瀬戸内海は季節風が四国山地と中国山地によって遮《さえぎ》られるため、年間を通じて天気や湿度が安定している。降雨量が比較的少なく温暖で、リゾートとしては理想的な気候だ。

海は凪《な》いでおり、遠くに緑の島々が見える景色も素晴らしい。都会の喧騒から離れて、自然のなかでゆっくりできそうだ。ここに温泉リゾートができれば、きっと人気が出るに違いない。

キャリーバッグを転がしながら桟橋を歩き、島に上陸する。

すぐ近くには漁港もあり、小型船が何艘も停泊していた。海沿いの道路には商店やガソリンスタンド、役場、それに民宿もある。

まずはまっすぐ民宿に向かう。

二階建ての小さな建物で、引き戸の上部に「民宿山科《やましな》」と書かれた看板がかかっている。島の宿泊施設はここだけだ。おそらく、釣り客がメインだろう。先ほど連絡船でいっしょだった乗客が先に入っていくのが見えた。

あらかじめ予約してあるので焦る必要はない。浩介も彼らにつづいて、民宿の玄関に足を踏み入れた。

板張りの廊下があり、カウンターが見える。そのすぐ横には二階にあがる階段があり、微かに足音が聞こえた。カウンターに人影は見当たらない。たぶん先ほどの客を部屋に案内しているのだろう。

しばらくすると、二階から女性が降りてきた。

年のころは三十代なかばといったところだろうか。焦《こ》げ茶のスカートに割烹着《かっぽうぎ》という服装だ。黒髪を結いあげており、白い首スジが露出していた。

「お待たせしました」

浩介の姿に気づくと、柔らかい笑みを浮かべて頭をさげる。感じのいい女性だ。ここに一週間お世話になるので、少しほっとした。

「どうぞ、おあがりください」

「予約していた板倉です」

革靴を脱ぎながら名乗る。キャリーバッグを運びこみ、カウンターに歩み寄った。

「板倉さまですね。承《うけたまわ》っております。女将《おかみ》の山科小百合《さゆり》と申します」

彼女は穏やかな声で名乗り、丁寧にお辞儀をする。それを受けて、浩介もあらためて頭をさげた。

「一週間、よろしくお願いします」

「こちらこそ、よろしくお願いいたします。島にはお仕事で？」

「はい、東京で不動産関係の仕事をしています」

「そうですか。こんな遠いところまで、お疲れさまでございます」

小百合は笑顔を絶やさない。やはり感じのいい女性だ。

宿帳に必要事項を記入すると部屋に案内される。二階にあがっていく小百合のうしろをついていくが、スカートに浮かんだ尻のまるみが気になって仕方なかった。

「こちらになります」

部屋は十畳ほどで、座卓の上に湯飲みと急須《きゅうす》が置いてある。それに座布団があるだけで、なんの飾り気もない。ただ寝るだけの空間という感じだ。だが、窓から山が見渡せる景色は素晴らしい。

（あの山か……）

浩介は心のなかで気合を入れる。

山の一角を切り開き、温泉リゾートを建設する計画だ。上手《うま》くいけば、この島は大勢の人であふれ返る。今は長閑《のどか》な島だが、日本中が注目する観光スポットに生まれ変わるのだ。

「なにもないところですが、温泉は自慢なんです。お風呂は一階にございます。ぜひお楽しみくださいませ」

小百合がにこやかに説明してくれる。

その温泉こそ、今回のプロジェクトの核となるものだ。湯量が豊富で成分も理想的なので、源泉掛け流しの大浴場を建設できるだろう。

「では、ごゆっくりなさってください」

小百合は最後まで笑顔を絶やさず、静かに引きさがった。

ひとりになると、さっそくキャリーバッグを開いて荷物を取り出す。一週間の滞在なので、ワイシャツと下着の替えがたくさん入っている。そして、プロジェクトの資料とノートパソコンだ。

のんびりしている暇はない。さっそく持参したビジネスバッグに資料とノートパソコンなど必要な物を入れると、鏡の前で身だしなみを整える。先方には事前にアポイントメントを取り、今日、うかがうことを伝えていた。

(よし、行くか)

用意がすむと、民宿をあとにする。

向かう先は、この島の大地主である久我山《くがやま》家だ。事前に調べてあるので道順は頭に入っている。港とは反対方向、山側に向かって歩いていく。

民宿の裏手は開けた土地になっており、住宅が点在している。島民の大半がここに住んでおり、柑橘系農作物の栽培か漁業に携わっている者が多いという。そのせいか、ときどき見かける車は、ほとんどが軽トラックだ。

漁港が近いせいか、野良猫が何匹も道路に寝そべっている。漁師に獲れた魚のおこぼれをもらっているのかもしれない。人に慣れており、浩介がすぐ近くを歩いても逃げようとしなかった。

（長閑でいいところだな……）

暖かい日射しが降り注いでいることもあり、ほっこりした気分になる。

温泉リゾートが建築されて開業すれば、車の往来も増えるだろう。大勢の観光客で騒がしくなるはずだ。そのとき、この野良猫たちはどこに行くのだろうか。居場所を奪うことにならないだろうか。

しかし、島の雰囲気は大きく変わるが、雇用が生まれて島民たちが豊かになるのは間違いない。柑橘類や海産物の需要が高まり、従来の職に就いている人たちにも恩恵があるはずだ。

こうして歩いていると、すれ違うのは圧倒的に高齢者が多い。

若い人たちは仕事を求めて都会に出る傾向が強く、高齢化が進んでいるという。温泉リゾートが実現して仕事が増えれば、若者の流出を食いとめることができるのではないか。

（このプロジェクトは、島の人たちを幸せにするんだ）

浩介は胸のうちでつぶやいた。

会社が潤うだけではない。地元の人たちにも喜ばれるはずだ。それを丁寧に説明して、なんとか交渉を有利に進めたいと思っている。そして、できれば契約にこぎ着けたかった。

住宅街の道路を歩いていくと、山の麓《ふもと》の小高い場所に、ひときわ大きな日本家屋が見えた。

（あそこだな）

自然と歩調が速くなる。緩やかな坂道を登っていくと、いつしか全身がうっすら汗ばんでいた。

家はきれいに剪定《せんてい》された生け垣で囲まれている。正面から足を踏み入れると、飛び石が母屋《おもや》の前までつづいていた。

（すごい……）

家の前に立つと、圧倒的な迫力があった。

大きさはもちろんだが、反り返った瓦《かわら》屋根や鬼瓦に歴史の重みを感じる。お屋敷と呼ぶのがふさわしい外観である。一応、表札を確認すると、そこには確かに「久我山」と名字が刻まれていた。

（こんなところに住んでるのか……）

交渉の席に着く前から畏縮してしまう。この場に自分が立っていることが、場違いな気がしてくる。

自覚はなかったが、田舎《いなか》の島だと思って軽く見ていたのかもしれない。緊張はしていたが、心のどこかでなんとかなると高をくっていたのではないか。大きな屋敷を前にしただけで、そんな自分の浅はかさに気づかされた。

（とにかく、会わないと……）

インターホンを探すが、どこにも見当たらない。緊張しながら引き戸をノックして声をかけた。

2

「こんにちは。東京から来ました板倉です」

なにしろ大きな屋敷なので、声が聞こえないのではないか。

心配になって声を張るが、意外にもすぐに足音が近づいてきた。どうやらよけいな心配だったらしい。大声をあげたのが逆に恥ずかしくなった。

「いらっしゃいませ」

引き戸が開いて、老婆が顔をのぞかせた。

小柄に見えるのは、腰が曲がっているせいだろうか。臙脂《えんじ》色の作務衣《さむえ》を着て、白髪まじりの髪をひっつめにしている。皺《しわ》だらけの顔から想像するに、七十は超えているのではないか。

（当主の奥さまかもしれないな……）

失礼があってはならない。緊張感が高まるなか、浩介は背すじを伸ばして丁重に頭をさげた。

「このたびはお時間を作っていただき、ありがとうございます」

「とりあえず、なかにどうぞ」

老婆は抑揚のない声で告げると、浩介を屋敷のなかへ招き入れる。

「失礼します」

言われるままに足を踏み入れて革靴を脱いだ。

室内はひんやりしており、シーンと静まり返っている。空気が澄んでいる感じがするのは気のせいだろうか。

「どうぞ、こちらです」

老婆にうながされるまま廊下を進んでいく。

縁側から広大な日本庭園を望める。芝はしっかり手入れされており、大きな池がある。鯉《こい》でもいるのか、ときおり波紋《はもん》がひろがっていた。

(それにしても、長い廊下だな)

歩を進めるほど緊張が高まってしまう。

いったい、どこまで進むのだろうか。板張りの長い廊下は、日の光を反射するほど磨きあげられていた。

やがて老婆が立ちどまる。そして、襖《ふすま》を開けると、なかに入るようにうながした。

「こちらで少々お待ちくださいませ」

相変わらず平坦な声で告げて、老婆は廊下をさらに奥へと進んでいった。

残された浩介はとまどいながらも部屋に入る。そこは柔道ができそうなほど広い和室で、中央に置いてあるのは一枚板の重厚な座卓だ。床の間には枯山水の掛け軸があり、欄間《らんま》は龍や桜の繊細な彫刻が施されている。花を生けてある花器も、おそらく価値のある物だろう。

(なんか、すごいな……)

立派な和室に圧倒されて立ちつくす。身動きが取れずにいると、廊下から足音が聞こえた。

「お待たせしました」

声をかけられて振り返る。すると、先ほどの老婆のうしろに、もうひとり、高齢の女性が立っていた。

紫を基調とした着物に身を包んでいる。髪はきれいな白髪で、しっかりと結いあげていた。腰は曲がっておらず、背すじはスッと伸びている。それでも先ほどの老婆より頭の位置が低いので、かなり小柄なのだろう。

「久我山家の当主、久我山美智代《みちよ》さまでございます」

紹介されて、はっとする。

てっきり当主は男性だと思いこんでいた。じつは、久我島の土地の大部分を久我山家が管理しているのはわかっていたが、それ以外の情報をつかめていなかった。役所に問い合わせても、個人情報ということで開示してもらえず、久我島出身の者を見つけることもできなかったのだ。

浩介は交渉をするだけではなく、最初に久我山家に接触する者として、会社に情報を伝える役目も担っていた。

「では、あなたは……」

素朴な疑問を投げかける。

最初に出迎えてくれた老婆が、当主の妻ではないかと予想していた。しかし、それは間違いだった。

「わたくしは、久我山家の女中でございます」

老婆が頭をぺこりとさげる。

「代々、住みこみで働かせていただいております」

「そ、そうでしたか……」

浩介はごく普通のサラリーマン家庭の生まれだ。

女中がいる生活など知るはずもなく、まったく想像が追いついていなかった。これほどの屋敷に住むとなると、管理だけでもかなりの手間がかかる。住みこみで働く人がいなければ、どうにもならないのだろう。

「し、失礼しました」

浩介を頭をさげると、あらためて当主の久我山美智代と向き合った。

「板倉浩介といいます。お忙しいところ、申しわけございません。お時間を作っていただき、誠にありがとうございます」

額に冷や汗を浮かべながら挨拶する。

美智代は言葉を発することはない。浩介の顔をじっと見つめて、表情を変えることなくゆったりとうなずいた。

「あ、あの……」

どうにも間が持たない。浩介は慌ただしくバッグを開けると、震える手で菓子折を取り出した。

「東京の煎餅《せんべい》です。お口に合えばいいのですが」

「トメ……」

そのとき、はじめて美智代が口を開いた。

トメというのは女中の名前らしい。すぐに彼女が反応して、頭をさげながら菓子折を受け取った。トメはそのまま退室すると、襖を静かに閉じた。

「浩介とやら、座りなさい」

ふたりきりになり、美智代が静かな声で語りかける。

勧められるまま座布団の上で正座をすると、美智代は座卓を挟んだ向かい側に腰をおろした。

「驚いて声も出ないか」

まるで内心を見抜いたように美智代がつぶやく。たくさんの皺が刻まれた顔は、人生経験の豊富さを物語っているようだ。

「当主が女とは意外だったようだの。まさか八十の婆さんが出てくるとは思わなかったか」

図星を指されて、浩介はなにも言えなくなってしまう。

どうやら、美智代は御年八十らしい。そのわりに声はしっかりしており、目力も強かった。

額から噴き出した汗が、こめかみを伝って顎の先端へと伝っていく。汗は滴《しずく》となって、スラックスの太腿《ふともも》にポタリと落ちた。

そのとき、ノックの音がして襖がゆっくり開く。トメがお茶を運んできたのだ。座卓に湯飲みと落雁《らくがん》の乗った小皿をそっと置くと、ひと言も発することなく静かに立ち去った。

「なにか話があるのだろう？」

美智代はお茶をひと口飲み、うながすように口を開いた。

「は、はい……」

浩介は極度の緊張状態のなか返事をする。

喉がカラカラに渇いており、声がかすれてしまう。何度か唾《つば》を飲みこみ、気持ちを落ち着かせてから話しはじめる。

「じつは我が社で、久我島に温泉リゾートを建設したいと考えております」

「ほう……」

美智代は小さな声を漏《も》らすが、感情は読み取れない。賛成なのか反対なのか、関心があるのかないのか、表情からはまったくわからなかった。

「島の資源である温泉を活用した施設です。島の特産物である柑橘類も、観光客に喜んでもらえるはずです。瀬戸内で獲れた新鮮な魚介類も人気を呼ぶと思いますので、ホテルの食事で提供できればと思っております」

浩介はプロジェクトの可能性を懸命に語りつづける。

実現すれば、きっと成功するはずだ。だからこそ、説明しているうちに、どんどん力が入ってしまう。

「温泉リゾートと果樹園ツアーをパックにして売り出せば大きな話題になり、大勢の集客が見こめます。そのために、久我山家で管理している土地のほんの一部を売っていただけないでしょうか。山の一角を切り開いて、温泉施設と併設するホテルを建築したいと考えています」

「なるほど、そういうことか」

美智代がぽつりとつぶやいた。

表情は変わっていない。とくに興味を持った様子もない。今のところ、手応えは感じなかった。

「ファミリーでもカップルでも楽しめる一大リゾートになるはずです」

「おたくの金儲けに協力するつもりはない」

美智代は表情を変えずに言葉を紡《つむ》いだ。

大声を張りあげるわけではないが、きっぱりした言い方だ。もしかしたら、東京から土地を買いたたきに来た悪徳業者と思われたのではないか。これ以上は聞く耳を持たないという雰囲気だ。

「すみません、説明不足でした。島の人たちにとっても、決して悪い話ではありません。温泉リゾートでは、地元の方たちを優先的に雇用します。既存の農家の方や漁業関係者の方たちにも恩恵はあるはずです」

島の活性化につながり、経済的に潤うことを力説する。

さらにバッグから資料を取り出して、座卓の上に差し出した。そこには会社から提示された土地の買取金額が記載されている。現在の久我島の認知度などから考えると妥当な金額だ。

美智代は資料をチラリと見やり、すぐに小さく息を吐き出した。

もしかしたら、金額が気に食わなかったのだろうか。温泉リゾートが成功すれば価格はあがるが、現時点では買いたたいているわけではない。

(まさか……)

そのとき、ある可能性が脳裏に浮かんだ。

すでにほかの不動産会社が接触しているのではないか。島の資源に目をつけて、似たようなプロジェクトを立ちあげているところがあっても不思議ではない。

「もう、ほかの業者が来たのですか?」

「なにを言っておる」

美智代はそれ以上語ろうとしない。だが、なにが気になるのか、浩介の顔をまじまじと見つめていた。

（これって、もしかしたら……）

金額を釣りあげる作戦ではないか。

計画に反対で怒っているなら、この時点で追い返されているはずだ。しかし、目の前にいる老婆は黙って浩介の顔を観察している。自分から金額のことは口にせず、浩介に言わせようとしているのではないか。

「わかりました。今日のところは、ひとまず失礼します。明日、出直してきますので、またお話させてください」

いったん引きさがることにする。

初日から行きすぎるのはよくない。美智代が金額を気にしているのなら、この場でいくら交渉したところで意味はなかった。今日はこれくらいにして宿に戻り、本社に連絡して作戦を練るべきだろう。

「ここには、しばらくいるのかい？」

立ち去ろうとしたとき、美智代に声をかけられた。

「はい。一週間、滞在しております」

「そうかい……」

それきり、またしても美智代は黙りこんだ。

なにかを考えこむように、むずかしい顔になる。買取金額を釣りあげる方法を思案しているのかもしれない。

いずれにせよ、すぐに結論が出るような話ではない。浩介は丁重に礼を述べて、久我山家をあとにした。

民宿に戻ると、浩介はすぐ本社に電話をかけた。

久我山家の当主に会ったことを包み隠さず報告した。そして、すでに他社が接触している可能性に言及して、条件をアップできないか検討してもらうことにした。買取金額があがれば、美智代の態度も軟化するかもしれない。一回目の交渉で、そんな手応えを感じていた。

そのあとは宿の温泉に入り、すぐに夕飯の時間になった。

食事は一階にある食堂で摂《と》るシステムだ。小百合の夫が料理長を務めており、久我島の周辺で獲れた魚介類を出してくれた。サワラの刺身、イカナゴの釜茹《かまゆ》で、シャコの唐揚げ、真鯛の塩焼き、それにデザートは地元のレモンとミカンを使ったシャーベットだ。どれを取っても絶品だった。

部屋に戻ると、急激に眠気が襲ってきた。

（とにかく、明日だな……）

今日はゆっくり休んで明日に備えることにする。

移動の疲れもあり、フカフカの布団で横になると、あっという間に心地よい眠りに落ちていた。

3

翌日、朝食を摂ってから部屋に戻り、プロジェクトの資料に目を通しながら、会社からの連絡を待った。

そして、午前十時すぎに課長から電話があった。

緊急会議を行ない、買取金額を上乗せできることになったという。それは浩介が予想していた以上の金額だった。今日、二回目の交渉に行ったとき、提示してよいとのことだった。

（これで風向きが変わるかもしれないぞ）

浩介は思わず拳をグッと握りしめた。

昨日の交渉でも、まったく相手にされなかったわけではない。美智代は首を縦には振らなかったが、浩介の顔をじっと見つめていた。多少なりともプロジェクトに興味を持ったのではないか。

（でも、本当に上手くいくかな……）

浩介の胸に期待と不安が交錯する。

買取金額がアップしたことで交渉はやりやすくなる。しかし、今度は失敗できないというプレッシャーがのしかかってきた。緊急会議まで行なってもらったのに、やっぱり駄目でしたとは言いづらい。

（失敗はできないぞ）

どんなに素晴らしいプロジェクトでも、プレゼンテーションが失敗してしまったら元も子もない。どうやって話を進めるかをイメージしながら、もう一度、資料をしっかり読み直した。

昼食を摂り、いよいよ出発だ。

民宿から外に出ると、潮の香りが鼻腔をくすぐった。瀬戸内の穏やかな海を渡ってくる風は、暖かくて心地いい。温暖な気候もリゾートに最適だ。

（俺が決めるんだ）

あらためて自分自身に言い聞かせる。そして、久我山家の屋敷に向かって歩きはじめた。

屋敷の前に到着すると、まずは目を閉じて深呼吸する。そうやって心を静めてからノックした。

「いらっしゃいませ」

すぐに女中のトメが引き戸を開ける。昨日と同じように愛想がなく、抑揚のない声で迎えられた。

「美智代さまはご在宅でしょうか」

浩介が告げると、トメはかすかにうなずいた気がした。

「どうぞ、お入りください」

トメに連れられて、昨日と同じ部屋に通される。

二度目だというのに屋敷の豪華さに圧倒されてしまう。だが、心の準備ができているので怯むことはない。座布団を外して畳の上にじかに正座をすると、当主である美智代の登場を静かに待った。

しばらくすると、遠くからかすかな足音が聞こえた。すかさず浩介は額を畳に擦りつけてお辞儀をした。

「本当に来たのかい」

襖を開くなり、美智代が呆れたようにつぶやく。そして、部屋に入ると座布団の上で正座をした。

「お邪魔しております」

「顔をあげよ。おまえも座布団に座りなさい」

「はい、失礼いたします」

浩介は顔をあげて座布団に座り直す。

こうして会ってもらえるのだから可能性はゼロではない。そう自分に言い聞かせて美智代の目を見つめた。

「昨日、本社から新たな条件がおりました。こちらになっております」

バッグから取り出した資料には、手書きで新たな買取金額が書きこんである。

現時点では知名度の低い島の土地に、これほどの金額がつくことは通常だったらあり得ない。会社の本気度を示すことができたと思う。あとは美智代がどんな反応をするのか気になった。

「いかがでしょうか」

座卓の上に資料を滑らせる。

美智代はチラリと見やり、大きく息を吐き出す。なにやら雲行きが怪しい。言葉を発する前から、彼女が落胆しているのが伝わってきた。

「ま、待ってください。再度、本社と相談しますので、他社の条件を教えていただけませんでしょうか」

正直なところ、これ以上の条件を出せるかどうかわからない。しかし、簡単に引きさがるわけにはいかなかった。

「お主《ぬし》はなにもわかっていないようだな」

美智代が平坦な声でつぶやいた。

「金額の問題ではない」

思いがけない言葉だった。

金額を釣りあげようとしていたのではないのか。美智代はそれきり黙りこんでしまう。ただ、瞳だけは爛々《らんらん》と輝いており、浩介の顔をまっすぐ見つめていた。

（それなら、いったい……）

なにを考えているのだろうか。

まったく売る気がないなら、今日は浩介に会わなかったはずだ。ほかの条件を引き出そうとしているのか、それともプロジェクトの内容に不満な点があるのか。

「なんでもおっしゃってください。できるだけご希望に添えるように善処いたしますので」

必死に食いさがろうとする。

とにかく、手ぶらでは東京に帰れない。契約までこぎ着けることはできなくても、爪痕は残しておきたかった。

「十五年ほど前に、夫を心臓の病《やまい》で亡くしたんだよ」

おもむろに美智代が口を開いた。

「それから少し経って、娘夫婦も交通事故でいっぺんに……。苦しまずに逝《い》ったのが、せめてもの救いだったね」

プロジェクトとはまったく関係のない話だ。

年寄りの話は脱線しがちで、長くなることも多い。しかし、浩介は軌道修正することなく、聞き役に徹することにした。今は強引に交渉を進めるべきではない。雑談につき合うことで、距離を縮めようと考えた。

「でも、孫娘が三人いるから淋しくはなかった」

美智代がそう言って目を細める。

どうやら、娘夫婦には三人の娘がいたらしい。娘夫婦亡きあとは、トメが世話をして育てたという。

「三人とも立派に成人してくれてね。とりあえずは、ひと安心だ」

美智代の話がとまらなくなる。よほど孫娘をかわいがっているらしい。

「大変だったんですね」

なにか反応しなければと思って、浩介は大きくうなずいた。だが、頭のなかはプロジェクトのことでいっぱいだ。

「でも、成長すると別の心配が出てくるもので、今度は先のことが気になってるんだ

ないよ。なにしろ、島は出会いが少ないからね」

「そりゃそうさ。三人が早く結婚してくれないと、心配でいつまで経っても隠居できないよ。なにしろ、島は出会いが少ないからね」


「なるほど……」

相づちを打ちながら、この話はいつまでつづくのだろうと思う。そろそろ、仕事の話をしたかった。

「温泉リゾートを建設すれば雇用が生まれて、若者の流出を防げるはずです。それに、島の外からも大勢の人がやってきます。きっと出会いの機会も増えるのではないでしょうか」

上手く軌道修正できたのではないか。心のなかでそう思うが、美智代は苦々しい表情を浮かべた。

「それでは遅すぎる」

そう言われて、浩介はなにも言葉を返せなくなる。

確かに契約がスムーズに進んだとしても、温泉リゾートが開業するのは、どんなに早くても来年末か再来年だ。孫娘は上から三十三歳、二十八歳、二十五歳だという。結婚適齢期を考えると、急ぎたくなる気持ちもわかる気がした。

「浩介とやら、お主、結婚指輪をしていないが、独身で間違いないか？」

「はい、独身です」

反射的に答えた直後、ふと胸のうちにいやな予感がひろがった。

「年はいくつだ」

「に、二十九です」

「ほう、ちょうどよいではないか」

美智代が満足げにうなずくのを見て、いやな予感が確信に変わっていく。それと同時に自分の考えが間違いであってほしいと願った。

「昨日から観察しておったが、仕事熱心なところは買っている。抜きん出てよいところはないが、とくに悪いところも見当たらない」

美智代はまるで値踏みするような目を向けていた。

褒められているのか貶《けな》されているのか、よくわからない。昨日、やけに見られているなと感じたが、あれは浩介のことを観察していたのかもしれない。

「どうだい。そろそろ身を固めてみては？」

提案する口調だが、どこか強要するような響きがまざっている。さすがに即答することができず、浩介は黙りこんだ。

「例の話、契約してほしいのだろう？」

「そ、それは、そうですけど……」

「それなら、こちらからも条件を出させてもらう。三人の孫娘の誰かを娶《めと》ること。お主の覚悟が決まれば、すぐにでも判を押すぞ」

美智代はきっぱりと言いきった。

「ま、まさか……」

浩介は思わず絶句してしまう。

なんらかの駆け引きをしかけてくることは予想していた。買取金額をさらに釣りあげようとしてくる可能性もあると考えていた。しかし、孫娘の結婚を条件に出してくるとは、まったく想定していなかった。

(本気なのか?)

真意を探ろうとして見つめ返す。しかし、美智代は表情を変えることなく、背すじをすっと伸ばしたままだった。

こんなことを冗談で言うとは思えない。強い意志を感じさせる瞳と頑固そうに引き結ばれた唇、さらには人生経験の数だけ眉間に刻まれた深い皺が、美智代の本気を物語っていた。

(でも……)

浩介は正座をしたまま固まっていた。

簡単に了承することはできない。結婚するとなれば一生の問題だ。仕事で成果をあげたい気持ちはあるが、それだけでは決められなかった。

(それに孫娘が三人もいて、ひとりも結婚してないってことは……)

なにか問題があるのではないか。

たとえば、よほど容姿に問題があるとか、性格がねじ曲がっているとか。なにしろ久我山家はこの島の大地主だ。本気になって見合いをすれば、結婚相手はすぐに見つかる気がする。

(それが見つからないのだから……)

どう考えてもおかしい。

有力者の孫娘ということを考慮すると、島だから出会いが少ないというのは説得力がなかった。

「とりあえず、会うだけ会ってみてはどうかね」

美智代が表情を変えずに提案する。

とてもではないが断れる雰囲気ではない。とはいえ、会えばよけいに断りづらくなる気もする。

(だからって、会わないわけには……)

浩介は逡巡していた。

なんとか交渉をまとめたい。だからといって、今後の人生を売り渡すような真似もできない。

（どうすれば……）

迷いに迷ったすえ、浩介は小さくうなずいた。

「わ、わかりました」

苦渋の決断だった。

会わずに断るのは角が立つ。それなら一度会ったうえで検討するふりをして、なにか理由をつけて丁重に断るしかない。どうせ行き遅れの不細工な女たちに決まっている。今のうちから上手く断る理由を考えておいたほうがいいだろう。

「よし、善は急げだ。今から三人を呼ぶ。おーい、トメや」

美智代が顔中を皺くちゃにして笑みを浮かべる。そして、急に大きな声をあげて女中を呼んだ。

「えっ、今から会うんですか？」

慌てて声をかける。まさか今すぐとは思いもしない。そもそも、孫娘たちは在宅しているのだろうか。

「お主に紹介するために、今日は仕事を休ませておいたのだ。めでたい話は早いほうがよい」

美智代はすっかりその気になっている。

その言葉に、浩介は驚きを隠せない。最初から交換条件を持ち出すつもりで、孫娘たちを待機させていたのだ。

(なんか、やばくないか？)

完全にペースを奪われている。美智代の手のひらで転がされていた。

このままだと、なし崩し的に結婚話が進んでいくのではないか。不安がこみあげたとき、ノックの音が聞こえた。

「失礼いたします。どのようなご用件でしょうか」

襖がすっと開き、廊下で正座をしているトメが見える。頭を深々とさげており、表情を確認することはできない。

「すぐにあの娘《こ》たちを呼んできなさい」

「もしかして……」

トメがはっとした様子で顔をあげる。そして、浩介に視線を向けた。

「そういうことになった」

「おめでとうございます」

美智代の声もトメの声も弾《はず》んでいる。ただ会うだけなのに、まるで結婚が決まったかのような喜び方だ。

トメは笑顔で頭をさげると襖を閉めた。足音が遠ざかっていくのが聞こえる。三人の孫娘を呼びに向かったのだ。

（まずい……これはまずいぞ）

急速に不安がふくれあがる。

断る理由を考えなければならない。美智代の気分を害したら、契約どころではなくなってしまう。しかし、焦れば焦るほど、なにも浮かばなかった。

4

「お連れいたしました」

襖が開くと、正座をしたトメが仰々しく頭をさげている。その横を通り、三人の女性たちが次々と部屋に入ってきた。

「失礼いたします」

「お呼びですか」

「おばあさま……」

それぞれ透き通った声をしており、すらりとしている。

そして、三人とも美しかった。

浩介は思わず呆気に取られて彼女たちを見つめていた。

「おまえたち、そこに立ちなさい」

美智代が声をかけると、三人は座卓の横に並んで立った。

「右から長女の香奈《かな》、次女の紗弥《さや》、三女の亜紀《あき》。器量は文句ないであろう」

三人の孫娘に対する浩介の予想はいい意味で完全にはずれていた。不細工どころか、それぞれが魅力的な奇跡の美人三姉妹だ。

「こちらは、東京から来た――」

美智代が浩介のことを紹介してくれる。

挨拶しなければと思うが、とっさに言葉が出ない。ただ三姉妹の美しさに圧倒されていた。

「なにをしておる。おまえたち黙ってないで、挨拶しなさい」

美智代が焦《じ》れたように孫娘たちをうながす。

このままでは埒《らち》が明かないと思ったのかもしれない。ひとりでも結婚させようと必死なのが伝わってきた。

「はじめまして。長女の香奈です」

香奈が両手を前に添えて頭をさげる。

水色のフレアスカートに白いブラウスを着ており、胸もとが大きくふくらんでいるのが目を引いた。黒髪のロングヘアが眩《まぶ》しく、落ち着いた雰囲気の女性だ。口もとに微笑を湛《たた》えており、やさしげな瞳で浩介を見つめていた。

「紗弥。次女です」

言葉少なに紗弥が挨拶する。

ダークグレーのスーツに身を包み、知的でクールな印象だ。にこりともせず、切れ長の瞳を浩介に向けている。美人なだけに冷たい感じがしてしまう。会社にいたらいかにも仕事ができそうなタイプだが、協調性はなさそうだ。

「わたしは亜紀です。末っ子です」

亜紀が愛らしい声で自己紹介する。

服装は白地に小花を散らした柄のワンピースだ。髪は明るい色のセミロングで、幼さの残る顔立ちをしている。浩介と目が合うと、照れ笑いを浮かべて恥ずかしげに頬を染めた。

(ど、どうなってるんだ?)

浩介はまだ口を開くことができずにいた。

三姉妹が神々しくて、夢を見ているような感覚に陥《おちい》ってしまう。まったく予想していなかった展開だ。

これほどの美女たちが結婚できない理由がわからない。いや、美しすぎるのが問題なのではないか。これほどの美貌を誇っていたら、男のほうが気後《きおく》れする。引け目を感じて、敬遠されてしまうのかもしれない。

「どうだい。気に入ったか」

美智代が自慢げに語りかける。

そう言われても、三人とも美しくて目移りしてしまう。そもそも外見だけでは判断できない。浩介はなにも言うことができず、呆然と三人を見つめていた。

「まあ、慌てることはない。誰かひとりを選んでくれれば、それでよいのだから」

「で、ですが……」

簡単に決められることではない。見た目は三人とも完璧だが、性格が合わなければ上手くいかないだろう。

「娶ってくれるなら、東京に連れて帰っても、島に残っても構わない。それは、お主が決めるがよい」

美智代はそう言うが、孫娘たちの気持ちはどうなのだろうか。三人は口を挟むことなく、静かに立ったままだった。

「あ、あの……相手もあることですし、すぐというわけには……」

浩介は遠慮がちにつぶやいた。

(こんなの、おかしいだろ……)

頭の片隅で疑問がぐるぐるまわっている。

美智代と孫娘たちの間で、きちんと話し合いはされたのだろうか。これは美智代が勝手に決めたことではないか。孫娘たちの心配をするあまり、ひとりで暴走している気がしてならない。

「ひとりずつ、じっくり話をしてみてはどうかの。さっそくだが、今夜は香奈のところに行きなさい」

美智代がどんどん話を進めていく。それを三姉妹は黙って聞いている。彼女たちがどう思っているのか、表情から読み取ることはできなかった。

（い、いいのか？）

釈然としないが、浩介が意見できる雰囲気ではない。とまどいながらも、美智代の言うことに従うしかなかった。

5

「どうぞ、おあがりください」

香奈は玄関ドアを開けると、涼やかな声で迎えてくれる。

ここは久我山家の敷地内にある離れだ。母屋の裏手にまわると、蔵《くら》と並んで建っていた。

詳しい説明は受けていないが、どうやら香奈はこの離れに住んでいるらしい。離れとはいっても、それなりの大きさがある。平屋の一戸建てとしても、充分に通用するサイズだ。

「なんかすみません。お邪魔します」

浩介は困惑しながら玄関に足を踏み入れる。

わからないことだらけで恐縮してしまう。遠慮したい気持ちもあるが、美智代の手前、勝手に帰るわけにはいかなかった。とりあえず、形だけでも話をしておくべきだろう。

三姉妹は予想外に美人ばかりだったが、やはり彼女たちの誰かと結婚するというのは現実的ではない。結婚すれば契約を結ぶというのは、あまりにも突飛な話だ。それに彼女たちのほうも、本当に結婚を望んでいるとは思えなかった。

「こちらです」

香奈にうながされて廊下を進んでいく。

離れのなかは普通の住宅と同じような造りだ。廊下の途中にあるドアは、トイレや洗面所だろう。奥のドアを開けると、そこはリビングだった。

広さは十五畳ほどあるだろうか。足もとにはペルシャ絨毯《じゅうたん》が敷いてあり、本革製

のソファセットがL字形に設置されている。壁には大画面の液晶テレビがかかってい
て、ウォールナットのサイドボードにはクリスタルのグラスと高価そうな洋酒の瓶が
並んでいた。
　伝統的な純和風の母屋とは異なり、部屋の造りも調度品も洋式になっている。最初
は意外だと思ったが、そこに佇《たたず》む香奈を見ていると合っている気がした。
「おかけになってください」
　香奈の口調はあくまでも上品だ。微笑を湛えた表情も美しい。だからこそ、なおさ
ら緊張してしまう。
「し、失礼します」
　浩介は頬をこわばらせながら答えると、ぎくしゃくとした動きでソファに腰をおろ
した。
「お飲みものをお持ちします。コーヒーか紅茶、どちらがよろしいですか？」
「で、では、紅茶を……」
「少々お待ちくださいね」
　香奈は微笑を浮かべてキッチンに向かった。
（ううっ、緊張する……）
　ひとり残された浩介は、小さく息を吐き出した。

香奈のような上品な女性が、自分と釣り合うはずがない。紅茶を飲んで少し話をしたら、すぐに帰るつもりだ。

（それにしても、どうして離れに住んでるんだ？）

不思議に思いながら部屋のなかに視線をめぐらせる。そんなことをしていると、香奈がトレーを手にして戻ってきた。

「お待たせしました」

香奈は隣に座り、ローテーブルにティーカップを置きながら微笑を浮かべる。

「あ、ありがとうございます」

「楽になさってくださいね」

そう言われても、まともに顔を見ることもできない。美人すぎるため、近くにいるだけで緊張してしまう。

「こ、これを飲んだらすぐに帰ります」

「あら、どうして？」

香奈が意外そうにつぶやいた。

「年上の女性はお嫌いですか？」

「い、いえ、そういうわけでは……ご迷惑かと思って……」

「島は出会いがありませんから、若い男性とこうしてお話できるのが、とても楽しいです」

目を細める表情から、この時間を楽しんでいるのが伝わってくる。それならばと安心して、浩介はティーカップを口に運んだ。

「こちらに、おひとりでお住まいなのですか？」

先ほどから気になっていたことを尋ねる。同じ敷地内で、わざわざ離れに住む必要があるだろうか。

「妹たちは母屋に住んでいるのですが、わたしは出戻りなので……」

香奈は少し言いにくそうにつぶやいた。

じつは離婚経験があるという。見合い結婚をして本州に住んでいたが、結婚生活は半年も持たずに破綻してしまった。そして、一年程前、実家に戻ってきたが、母屋に住むのは気が引ける。そのため、ひとりで離れに住んでいるらしい。

「仕事もしていません。ときどき、トメさんのお手伝いをしているだけなんです」

「よけいなことを聞いて、すみませんでした」

浩介は気まずくなって頭をさげる。

彼女にとっては、言いたくないことだったに違いない。なにも考えずに質問してしまったため、つらいことを思い出させてしまったのではないか。そんな申しわけない気持ちが湧きあがった。

「お気になさらずに……わたしのことを知っていただくために、こうしてお招きしたのですから」

香奈はやさしく声をかけてくれる。

もし浩介が選んだら、本当に結婚する気はあるのだろうか。彼女の照れた表情を見ていると、まったくないとは言いきれない感じがした。

「今日はゆっくりできるのですよね？」

「え、ええ、まあ……」

交渉のことを考えると焦りもある。

しかし、今は実際に結婚するかどうかは別として、美智代の出した条件に従う姿勢を見せる必要があった。

「それなら少し早いけど、晩ご飯にしましょうか。ちょっと待っててくださいね」

香奈はそう言ってキッチンに向かうと、さっそく調理をはじめた。

（いいのかな……）

今さら断るのもおかしいので、浩介はひとりソファで待ちつづける。なんとなく落ち着かなくて、交渉の資料を取り出して読み返した。

そんなことをしているうちに料理ができあがり、香奈がローテーブルに運んでくれる。大葉と大根おろしが乗った手作りの和風ハンバーグ、なめこの味噌汁に白いご飯、それに自家製の漬物という家庭的な料理だ。

海産物を使っていないのは意外な気がしたが、地元だからといって毎日食べているわけではないのだろう。

「お口に合えばいいんですけど」

「おいしそうですね。いただきます」

いい香りが食欲をそそる。ハンバーグは肉汁がたっぷりで、醤油ベースのソースと大根おろしがぴったりだ。味噌汁の味も漬物の塩加減も完璧だ。

「おかわりもあるので言ってくださいね」

「はい、ありがとうございます」

浩介はモリモリ食べながら、こんな人が奥さんになってくれたら最高だろうなと想像する。四つ年上の姉さん女房というのも悪くないだろう。

(でも、どうして離婚したのかな?)

ふと疑問が湧きあがる。

美しいうえに料理も得意、部屋のなかもきれいでしっかり整理整頓されている。淑《しと》やかで家庭的な女性なのに、なぜ半年足らずで離婚したのか不思議だった。気にはなるが、よけいなことを聞くべきではない。夫婦にしかわからない問題もあるだろう。

過去のことは詮索せず、今の彼女を見て判断したかった。

（俺、すっかりその気になってるな……）

心のなかでつぶやき、苦笑が漏れる。

最初はすぐに帰るつもりだったが、本気で香奈のことが気になっている。だが、香奈の本心はわからなかった。

「ごちそうさまでしてた。すごくおいしかったです」

「お粗末さまでした。片づけをしますので、少しだけ待ってくださいね」

ご飯を食べ終えると、香奈は食器をさげてお茶を淹《い》れてくれた。

浩介がお茶を飲んでいる間に手早く洗いものをする。そして、再び浩介の隣に腰かけた。

「会ったばかりなのに、すみません」

「おばあさまのお眼鏡に適《かな》った方ですから間違いありません」

香奈は美智代を絶対的に信頼しているらしい。

「でも、俺はごく普通の男で、香奈さんと釣り合わない気がするんですが」

「おばあさま、人を見る目があるんです。それに――」

香奈は途中で言葉を切ると、尻を少し浮かせて浩介のすぐ隣に座り直した。

肩と肩が触れ合いドキリとする。距離が近すぎるが、わざわざ離れるのもおかしい気がした。

「夫婦でいちばん大切なのは、なんだと思いますか？」

「そ、それは……価値観の一致でしょうか？」

至近距離で見つめられると、胸の鼓動が速くなる。思わず視線をそらしながら、なんとか答えた。

「価値観とか考え方の一致も重要ですが、いちばんは身体の相性だと思うんです」

「か、身体……ですか？」

聞き返す声が震えてしまう。清楚な雰囲気の香奈が、まさかそんなことを言うとは意外だった。

「ええ、身体の相性です」

膝の上に置いていた手を、すっと握られる。指を組み合わせる、いわゆる恋人つなぎというやつだ。

「試してみませんか？」

「い、意味がよくわかりませんが……」

「価値観が一致しても、身体の相性が合わなければ上手くいかなくなります。できることなら、結婚前に確かめておくべきだと思います」

冗談で言っているわけではない。香奈の表情は真剣そのものだ。だからこそ、浩介はとまどってしまう。

「確かめるって、まさか……」

「結婚してから、こんなはずじゃなかったでは困りますよね？」

香奈はそう言うと、手をしっかり握ったまま立ちあがる。浩介も釣られるようにソファから腰を浮かせると、手を引かれてリビングをあとにした。

6

「な、なにを……」

浩介が連れこまれたのは寝室だ。

八畳ほどの部屋の中央にベッドがあり、サイドテーブルのスタンドだけが点《つ》いている。ぼんやりとした明かりが、白いシーツを照らしていた。

「相性を確かめてほしいんです」

香奈は小声でつぶやき、服を脱ぎはじめる。

恥ずかしげに頬を赤らめているが、躊躇《ちゅうちょ》することなくブラウスとスカートを取り去り、白いレースのブラジャーとパンティだけになった。

(ほ、本当にいいのか？)

迷いがないと言えば嘘になる。しかし、下着姿になった香奈を前にして、興奮がふくれあがっていた。

浩介も服を脱ぎ捨ててボクサーブリーフ一丁になる。すでにペニスは硬くそそり勃《た》ち、前がパンパンに張りつめていた。先端部分には黒っぽい染みがひろがり、興奮しているのがひと目でわかった。

「恥ずかしいけど……」

香奈は言葉とは裏腹に、両手を背中にまわすとブラジャーのホックをはずす。とたんにカップを押しのけながら、双《ふた》つの乳房がまろび出た。

（おおっ、こ、これは……）

思わず腹のなかで唸ってしまう。

たっぷりした柔肉が目の前で弾んでいる。いかにも柔らかそうな白い肌が、釣鐘《つりがね》形の双乳を形作っていた。先端で揺れる乳首は濃い紅色で、乳輪が五百円玉ほどあるのが卑猥だった。

さらにパンティもおろしはじめる。前屈みになり、片足ずつ持ちあげて完全に抜き取った。恥丘には黒々とした陰毛がそよいでいる。形を整えたりはせず、自然な感じで濃厚に茂っていた。

これで香奈が身に纏《まと》っている物はなにもない。出会ったばかりの浩介の前で、すべてをさらしていた。

「浩介くんも……」

香奈にうながされて、浩介もボクサーブリーフをおろしていく。すると、ガチガチに硬直したペニスがブルンッと跳ねあがった。

「ああっ、もうこんなに……」

逞《たくま》しい肉棒を目にして、香奈が喘ぎ声にも似た声を漏らす。頬を赤らめながらも、ペニスをじっと見つめていた。

「すみません、興奮してしまって……」

「わたしを見て、大きくしてくれたんですね」

香奈の言葉には喜びの色が見え隠れしている。自分が女として認められたのがうれしいのかもしれない。浩介の手を取り、ベッドへと導いた。

「お願いです。抱いてください」

自らベッドで仰向《あおむ》けになり、濡れた瞳で浩介を見あげる。

ここまでされたら、遠慮する必要はないだろう。引きさがるのは、かえって失礼になる。とはいえ、女性に触れるのは久しぶりだ。大学時代につき合っていた恋人がいたが、卒業後は互いに忙しくなり、別れてしまった。

以来、女性とは縁がなく、仕事に追われる生活を送ってきた。彼女を作りたい気持ちはあったが心の余裕がなかった。だからこそ、こうして誘われると興奮はなおさら大きくなる。

とはいえ、浩介はそれほど性欲が強いほうではなく、セックス自体も淡泊なほうだと自覚している。しかし、今日は年上美女の熟れた色香に誘われて、いつになく気持ちも下半身も昂《たかぶ》っていた。

「か、香奈さん……」

浩介は鼻息を荒らげながらベッドにあがった。

添い寝の体勢で手を伸ばすと、大きな乳房にそっと重ねる。ふんわりとした感触が心地いい。急激に高まる欲望のまま、指を沈みこませて巨大なマシュマロのような乳房を揉みあげる。

(や、柔らかい……)

思わず心のなかで唸った。

三十三歳の乳房は、これまで触れたどんな物よりも柔らかい。力を入れすぎると壊れてしまいそうで、慎重に指をめりこませた。

「はンンっ」

香奈の唇から、ため息まじりの喘ぎ声が溢れ出す。

乳房を軽く揉んだだけだが、早くも目の下を赤く染めて身をよじっている。どうやら、熟れた女体はかなり敏感らしい。乳房をゆったり揉んでいるだけで、先端の乳首が充血してぷっくりと隆起した。

「まだ触ってないのに……」

乳房に触れている指先を、徐々に先端へと移動させる。そして、屹立《きつりつ》している乳首をそっと摘《つ》まみあげた。

「ああっ」

とたんに女体がピクッと反応する。

人さし指と親指の間で転がせば、乳首はますます硬さを増していく。グミのようにプリプリして、乳輪までふっくらと盛りあがる。

(すごい、こんなに敏感なんだ)

乳首に愛撫を施しただけで夢中になってしまう。

これまで年上の女性と身体の関係を持ったことがない。そもそも経験自体が少ないので、香奈の敏感な反応に驚かされてしまう。双つの乳首は硬くとがり勃ち、浩介の指の間で存在感を示していた。

「そ、そこばっかり……はンンっ」

香奈の眉がせつなげな八の字に歪んでいる。

感じているのは間違いない。そんな彼女の反応に気をよくして、浩介は双つの乳首を同時に摘まみ、執拗に転がしつづけた。

「わたし、もう……ずっとしていなかったから……」

香奈が焦れたようにつぶやき、浩介の手をつかむ。そして、しっとりと濡れた瞳で見つめて、内腿をモジモジと擦り合わせた。

どうやら、我慢できなくなったらしい。乳首を愛撫されたことで、欲望に火がついたようだ。腰をよじらせる姿を目《ま》の当たりにして、浩介のペニスもますます硬く勃起した。

（よ、よし、身体の相性を確認するんだ）

そう自分に言い聞かせると、香奈の膝を左右に割り開いて覆いかぶさる。

（これが、香奈さんの……）

白い内腿の奥に、生々しい紅色の陰唇が見えた。やはり興奮していたらしく、愛蜜でヌラヌラと濡れ光っていた。

決して欲望に流されているわけではない。結婚後の夫婦生活を本気で考えるのなら必要なことだ。今はそういうことにして、いきり勃ったペニスの先端を濡れそぼった陰唇に押し当てた。

「あっ……お、お願いです」

香奈がささやくような声で懇願する。

物静かで家庭的な女性が、ペニスを求めて腰をくねらせているのだ。これほど男の欲望をそそる光景はない。浩介は腕立て伏せのような体勢から、腰をググッと迫《せ》りあげる。亀頭が二枚の陰唇を巻きこみながら、膣口《ちつこう》にずっぷり沈みこんだ。

「ああァッ、お、大きいっ」

香奈の顎が跳ねあがり、甘い声が溢れ出す。

久しぶりにペニスを受け入れて、女体が小刻みに震えている。鋭く張り出したカリが膣壁にめりこみ、女壺全体がウネウネと波打った。

「くううッ」

膣道が収縮して、カリ首を絞りあげている。浩介は思わず呻《うめ》き声を漏らすと、慌てて動きをとめた。

(こ、これは、すごい……)

気を抜けば、あっという間に射精してしまいそうだ。

まだ亀頭を挿入しただけなのに、強烈な快感が湧きあがっている。我慢汁がドッと溢れて、膣内にたまっていた愛蜜とまざり合う。濡れ方が激しくなり、亀頭が蕩《とろ》けるような快楽に包まれた。

尻の筋肉に力を入れて射精欲を押さえこみ、ペニスをさらに前進させる。亀頭で媚肉をかきわけて、根元までじわじわと挿入した。

「はああンッ、こ、浩介くん……」

香奈が背中を大きく仰《の》け反らせる。すると、膣道がさらに締まり、またしても快感の波が押し寄せた。

「おおおおッ」

全身の筋肉を力ませるが、射精欲はどんどんふくらんでいく。なにしろ数年ぶりのセックスだ。しかも、極上の美女とつながっていると思うと興奮が抑えられない。たまらなくなり、浩介は勢いよく腰を振りはじめた。

「か、香奈さんっ、くうううッ」

「ああッ、こ、浩介くんっ、あああッ」

ペニスを出し入れすると、香奈が色っぽい喘ぎ声をあげてくれる。浩介はますます昂り、勢いよく腰を振り立てた。

「ううッ……ううッ」

動けば動くほど快感は大きくなる。

カリで膣壁を擦りあげれば、女体が小刻みに震え出す。締まりがさらに強くなり、快感の波が次から次へと押し寄せた。

「あンッ……ああンッ……」

香奈の喘ぎ声が聴覚からも射精欲を煽《あお》り立てる。

この状況でいつまでも耐えられるはずがない。浩介はもう射精することしか考えられず、無我夢中で腰を振りまくった。

「くうウッ、も、もうっ……もうダメですっ」

「はああッ、い、いいのっ」

香奈の唇から甘い声が漏れた直後、浩介の射精欲は限界を突破した。

「で、出るっ、出ますっ、おおおおッ、ぬおおおおおおッ！」

ついに雄叫《おたけ》びをあげながら、ペニスを根元までたたきこむ。沸騰した精液が尿道を一気に駆けくだり、亀頭の先端から勢いよく噴きあがる。精液が飛び出すたび、腰が勝手にビクビク震えた。

「はンンンっ、い、いいっ、ああああッ！」

香奈も喘ぎ声を振りまいている。満足したかどうかはわからないが、多少なりとも感じているようだ。その間も膣道は激しくうねり、太幹を締めつけている。浩介は呻き声を振りまき、精液を絞り出される快楽に酔いしれた。

7

(最高だった……)

ペニスを引き抜くと、浩介は彼女の隣で仰向けに寝転がる。そして、絶頂の余韻を噛みしめながら目を閉じた。

　隣で香奈が身を起こす気配がする。

　シャワーを浴びにいくのかもしれない。　浩介は目を閉じたまま、　黙って横になっていた。

「まだ、できますよね」

遠慮がちな声が聞こえ、すぐに香奈が浩介の脚の間に入ってくるのがわかった。

「あっ、なにを……」

首を持ちあげて下半身を見やれば、香奈は裸で正座をしている。両手を半萎《はんな》えのペニスの両脇に添えると、お辞儀をするように腰を折った。

「か、香奈さ――ううぅッ」

呼びかける浩介の声は、途中から呻き声に変わってしまう。

香奈が亀頭をぱっくり咥《くわ》えこんだのだ。つい先ほどまで自分の膣に入っており、愛蜜と精液にまみれているのに、まったく気にすることなく口に含んでいる。そればかりか、口内で舌を伸ばして亀頭を舐《な》めはじめた。

「ちょ、ちょっと待ってください……くううッ」

射精した直後だというのにフェラチオされて、鮮烈な感覚が突き抜ける。

くすぐったさと快楽が同時に湧きあがり、たまらず腰を右に左によじらせた。それでも香奈はペニスを離すことなく、しっかり咥えている。唇で締めつけながらスライドさせて、太幹を根元まで呑みこんだ。

(す、すごい……あの香奈さんが……)

信じられない光景を目にして、言葉を失ってしまう。

まさか自分からペニスを咥えるとは驚きだ。淑やかな昼間の姿とのギャップが、よけいに興奮を煽り立てる。愛蜜と精液を舐め取るように舌がヌメヌメと動きまわり、唇がゆっくりスライドして太幹を刺激する。

「そ、そんなことされたら……」

浩介が訴えても、香奈はフェラチオをやめようとしない。

さらにチュウウッと吸茎されれば、半萎えだったペニスが反応して再びふくらみはじめた。

「あふっ……むふっ……はむンっ」

鼻を微かに鳴らして、首をゆったり振りつづける。

唾液まみれになった太幹は完全に硬さを取り戻して、またしても棍棒《こんぼう》のように屹立した。

「また、こんなになって……素敵です」

ようやくペニスから唇を離すと、香奈は妖《あや》しげな笑みを浮かべる。そして、再び浩介の隣で仰向けになった。

「もう一度、お願いします」

照れたように懇願するが、瞳は欲情にまみれてねっとり光っている。自分で両膝を立てると、ゆっくり左右に開いていく。

まさか二度目を求められるとは思いもしなかった。そんな彼女の行動が意外だったが、フェラチオされたことでペニスは臨戦態勢を整えている。亀頭の先端からは、またしても我慢汁が溢れていた。

「い、いいんですか？」

浩介はとまどいながらも女体に覆いかぶさる。そして、亀頭を女陰にそっと押し当てた。

「早く挿《い》れてください……」

香奈は両手を伸ばして浩介の尻を抱えこむと、そのままグッと引き寄せる。亀頭が膣のなかに呑みこまれて、一気にズブズブと沈んでいく。

「くうううッ」

ペニスはあっという間に根元まで収まった。

膣道は先ほどよりも激しくうねり、太幹にしっかりからみつく。四方八方から揉みくちゃにされて、すぐに快感の波が押し寄せた。

「す、すごいです……」

「今度はもう少しがんばってくださいね」

香奈がささやき、下から股間をしゃくりあげる。両手で浩介の尻たぶをがっしりつかんだ状態で、自ら腰を振っているのだ。

「ううッ、そ、それ……くううッ」

浩介は慌てて奥歯を食いしばり、急激にふくらむ射精欲を耐え忍ぶ。正常位で覆いかぶさっているのに、仰向けになった香奈に責められている。自分はまったく動いていないが、ペニスがヌプヌプと出入りしているのだ。

「ま、待ってください……ううッ」

彼女の激しい動きに、女体をしっかり抱きしめて、快感に耐えることしかできない。浩介は呻き声を漏らすばかりで、全身の筋肉をただ硬直させていた。

「ああンっ、やっぱり大きいです。浩介くんのこれ……」

香奈が耳もとでささやき、リズミカルに股間をしゃくりあげる。そのたびにペニスが出入りをくり返し、快感が増幅していく。

「ううッ……うううッ」

もはや呻き声を漏らすことしかできない。濡れた媚肉で擦られるのがたまらず、壊れた蛇口のように我慢汁が溢れつづけていた。

「ああンっ、いい……すごくいいわ」

香奈も感じているのか腰を振りつづける。そして、ときおり股間をしゃくりあげた状態で、円を描くようにねちっこくまわすのだ。

「そ、それ……くううッ」

「こうすると、アソコが擦れて……ああッ、いいのっ」

クリトリスが擦れるようにしているのかもしれない。膣のうねりが大きくなり、愉《ゆ》悦《えつ》が爆発的にふくれあがった。

「ううう、も、もうダメですっ」

慌てて訴えるが、香奈は腰の動きを緩めない。それどころか、より激しく股間を跳ねあげて、ペニスを思いきり絞りあげた。

「くうううッ、で、出ちゃいますっ」

「あああッ、いいっ、いいわっ、わたしのなかに、いっぱい出してっ」

香奈の声が引き金となり、再び絶頂の大波に呑みこまれる。根元まで女壺に収まったペニスが跳ねまわり、勢いよくザーメンを噴きあげた。

「で、出る出るっ、くおおおおおおッ！」

またしても愉悦が全身を駆け抜けて、頭のなかがまっ白になっていく。女体をしっかり抱きしめたまま、蕩けるような快楽に腰を激しく痙攣《けいれん》させた。

「はあああッ、い、いいっ、もっと出して、はあああああッ！」

香奈もよがり声を響かせる。先ほどよりもトーンが高くなっているのは、より感じている証拠ではないか。膣のなかも意志を持った生き物のように蠢《うごめ》き、ペニスをきつく食いしめた。

目も眩《くら》むような快楽のなか、精液を延々と放出する。二回目とは思えないほど大量の欲望を解き放った。

浩介は女体に覆いかぶさったまま、荒い呼吸をくり返している。

凄まじい快感にまみれて、頭の芯まで痺れたような状態だ。立てつづけに二回もセックスするのは、これがはじめての経験だった。

ようやく、呼吸が整ってくる。なんとかペニスを引き抜くと、彼女の隣でゴロリと仰向けになった。

「浩介くん……」

香奈の声が聞こえて、唇に柔らかいものが触れる。

目を閉じていても、キスをされているのだとわかった。浩介は夢見心地のまま、唇を半開きにする。彼女の舌が入りこみ、自然とディープキスに変化した。

セックスのあとの、まったりした口づけだ。うっとりしていると、ペニスに彼女の指が巻きついた。

「うっ……」

思わず小さな呻き声が漏れる。

ゆるゆるとしごかれて、またしても甘い刺激がひろがっていく。ディープキスされながら、ペニスをねちっこく愛撫されているのだ。二度も射精したあとだが、濡れた尿道口を指先でくすぐられると、またしてもペニスが反応してしまう。

「また硬くなってきましたよ」

香奈が唇を離してささやいた。

「ま、待って……ううっ、も、もう……」

まさかと思いながら見あげると、香奈は唇の端に笑みを浮かべている。スタンドの明かりを受けた瞳は、ねっとりと輝いていた。

「若いって素敵ですね」

香奈は身体を起こすと、すっと浩介の股間にまたがった。両足の裏をシーツにつけた騎乗位の体勢だ。右手で太幹を持ち、亀頭を赤々とした膣口に導いた。

「ああンっ」

腰をゆっくり落とせば、いとも簡単にペニスが膣のなかに埋まっていく。信じられないことに、三回目のセックスがはじまったのだ。

「も、もう……お、俺……」

「遠慮しなくていいんですよ。何回でも気持ちよくなってくださいね」

香奈は完全に尻を落としこむと、ペニスをすべて迎え入れる。そして、両手を浩介の腹に置き、さっそく腰を上下に振りはじめた。

「あッ……あッ……いいっ、いいわっ」

最初から遠慮することなく、男根を貪《むさぼ》っている。膝の屈伸を利用した大胆なピストンだ。同時に膣のなかがうねるため、快感が次から次へと押し寄せてくる。すでに二度も射精しているのに、ペニスは萎えることを忘れてそそり勃っていた。

「おおおッ……おおおおッ」

わけがわからなくなり、呻き声を漏らしつづける。浩介の頭のなかは、快感でまっ赤に燃えあがっていた。

「ああンっ、いいっ、浩介くんの、大きいからとっても気持ちいいわっ」

香奈が甘い声を漏らして腰を振る。大きな乳房が目の前でタプタプ弾むのも、視覚的に欲望を刺激する。浩介は仰向けになって、なすがままの状態で全身が蕩けそうな快楽にまみれていた。

「ねえ、触ってください」

香奈が浩介の手を取り、自分の乳房へと導く。指先が柔肉に触れると、浩介はほとんど無意識のうちに揉んでいた。

「ああッ、いいっ、すごくいいわっ」

乳首を摘まみあげると、香奈の腰振りが激しさを増す。ペニスを猛烈に出し入れしながら、よがり泣きを振りまいた。

「おおおッ、も、もうっ、おおおおッ」

浩介はただ呻くことしかできない。次から次へと押し寄せる快楽にまみれて、なにも考えることができなかった。

「あああッ、いいっ、いいっ」

香奈の喘ぎ声を聞きながら、またしても射精欲がこみあげる。もう、こらえることもできず、欲望にまかせてザーメンを放出した。

「ぬおおおおおおおッ！」

獣《けもの》のような雄叫びをあげて股間を突きあげる。

全身がバラバラになりそうな愉悦がひろがり、かつてない絶頂感に溺れていく。もう出ないと思っていたのに、精液が噴き出している。連続射精で尿道口が過敏になっており、精液が駆け抜けるたびに腰が痙攣した。

「はあああッ、す、すごいわっ、あああああああッ！」

香奈も感極まったような声をあげて、裸体を激しくよじらせる。尻を思いきり打ちおろすと、ペニスを根元まで呑みこんだ状態で締めつけた。

「ああっ、いいっ」

まるで最後の一滴まで味わうように、香奈が腰をねっとりまわしつづけている。ペニスは膣のなかに埋まったままで、愛蜜と精液にまみれていた。

もう、声をあげる気力もない。

三度目の絶頂で、浩介の意識は飛びかけている。全身の力が抜けて、四肢をシーツの上に投げ出していた。

「うっ……」

乳首に甘い刺激が走り、体がピクッと反応する。

香奈が騎乗位でつながったまま、両手の指先で浩介の乳首をいじったのだ。クニクニと転がされて、望まない快感が波紋のようにひろがっていく。

「あンっ、なかで動いてますよ」

香奈がうれしそうにささやいた。

乳首を刺激されたことで、膣のなかに収まっているペニスが硬さを取り戻してしまう。三度も射精したにもかかわらず、まだ勃起する力が残っていたらしい。

「はあンっ、すごいわ……元気なんですね」

喘ぎまじりにそう語りかけてくると、円を描くように腰をゆったり振りはじめる。

連続での騎乗位だ。これ以上は無理だと思うのだが、徐々に媚肉がもたらす快楽に呑みこまれていく。熟れた女壺はペニスをしっかり食いしめて、ウネウネと艶《なま》めかしくうねっていた。

「おううッ……おうううッ」

浩介はなにも考えることができず、獣じみた呻き声を漏らすことしかできない。香奈の腰振りに翻弄されて、愉悦の泥濘《ぬかるみ》にはまっていく。

「ああッ、いいっ、すごくいいですっ」

香奈は腰をねちっこくまわしている。両手を背後について、股間を突き出すような格好だ。

膣道全体でペニスを感じているのかもしれない。唇が半開きになり、うっとりした表情を浮かべている。香奈が腰を振るたび、太幹と膣口の結合部分から湿った蜜音が響いていた。

「もっと、あああッ、もっとよ」

香奈の腰の振り方が激しくなる。リズミカルな上下動に変化して、ペニスを猛烈な勢いで擦りあげた。

「ううッ、こ、これ以上は……」

たまらず浩介は呻きまじりに訴える。

仰向けになっているだけで、自分はいっさい動いていない。それなのに次から次へと快楽を送りこまれ、またしても射精欲がふくれあがった。

「くおおッ、ま、またっ、おおおおおおおッ！」

腰が勝手に跳ねあがり、膣のなかでペニスが脈動する。

それと同時に女壺が収縮して、太幹から亀頭にかけてが絞りあげられた。ザーメンを強引に吸い出されるような快楽が突き抜ける。全身の毛が逆立ち、浩介は雄叫びをあげつづけた。

「はあああッ、気持ちいいっ、あああッ、あああああああッ！」

香奈のよがり声が響きわたった。

熱いザーメンを膣奥に受けて、絶頂に達したのかもしれない。陸に打ちあげられた魚のように、女体がビクビクと痙攣した。

絶頂の余韻は長くつづき、しばらく体が仰け反ったままだった。

ようやく全身から力が抜けて、ぐったりとなる。香奈は浩介の股間にまたがったまま、胸板に倒れこんだ。

ふたりの荒い息づかいが寝室の空気を震わせている。

四回目の射精で精も根も尽きはてた。意識が朦朧《もうろう》とするなか、香奈がゆっくり身体を起こす。ペニスを引き抜くのかと思ったら、深く挿入したままの状態で身体の向きを反転させた。

背面騎乗位の体勢だ。香奈は右手を股間に伸ばすと、陰嚢をそっと包みこむ。そして、ねちっこい手つきで揉みはじめた。

「ううっ……」

思わず呻き声が漏れてしまう。

竿は膣に入ったままの状態で、皺袋を刺激されているのだ。萎えることを許されず、ペニスはまたしても硬さを取り戻してしまう。

「すごいわ……わたしたちの相性、悪くないみたいですね」

香奈はうれしそうにささやき、腰を臼《うす》のようにゆったりまわす。そうやってペニスを充分に勃起させると、尻を上下に振りはじめた。

(も、もう、無理です……)

もはや声をあげることもできない。浩介は心のなかで訴えるだけで、押し寄せる快楽に呑みこまれていく。

「あンっ……あンっ……もっと、もっとよ」

香奈の艶めかしい喘ぎ声が聞こえる。

愛蜜の量はますます増えて、肉棒はドロドロの状態だ。熱くて柔らかい媚肉に擦りあげられると、我慢汁が滾々《こんこん》と溢れ出す。これ以上は無理だと思っても、ペニスには快楽がひろがっていた。

「ううぅッ、くううううッ」

気持ちよくてたまらない。愉悦の炎で全身を炙《あぶ》られて、快楽の泥沼にどっぷり浸かる。ペニスが蕩けるような感覚のなか、浩介は呻き声をあげつづけた。

「いいっ、いいっ、ああああッ、気持ちいいっ」

香奈の喘ぎ声が大きくなる。

凄まじい性欲だ。浩介の意志を無視して、ひたすらに快楽を求めている。ペニスを膣に収めて、貪欲に腰を振っていた。

「ま、また……くうううッ」

全身が熱く燃えあがるような感覚のなか、五度目の絶頂が迫ってくる。下腹部で生じた射精欲が、急速にふくれあがった。

「おおおおッ、ぬおおおおおおおッ!」

雄叫びとともに股間を突きあげる。もう出ないと思っていたのにザーメンが噴き出し、膣のなかを満たしていく。射精するたび、快感は大きくなる。脳髄まで蕩けるような愉悦がひろがった。

「あああッ、いいっ、いいのっ、はあああああああああッ!」

香奈が全身を仰け反らせて、歓喜の声を振りまいた。女壺がきつく締まり、最後の一滴まで精液を絞り出す。射精がとまらなくなり、恐ろしくなるほどの快感が脳天まで突き抜けた。

五回目の射精をしながら、急激に意識が遠のいていく。落ちていくような錯覚に陥り、やがて目の前がまっ暗になった。

第二章　縛《いまし》めセックス

1

香奈の住む離れを訪れたのは一昨日のことだ。

結局、五回もセックスしてしまった。

五回目の射精を果たすと、そのまま気絶するように眠り、目が覚めると昼近くになっていた。香奈はすでに起きていて、食事の支度をしていた。

あれほど激しい夜をすごしたあとだ。気まずかったが、せっかく作ってもらったのでごちそうになった。

「よろしかったら、今夜もお泊まりになりませんか？」

香奈が頬を赤らめながらつぶやいたときは、さすがに体が持たないと思って丁重にお断りした。

まさか香奈の性欲が、あれほど強いとは思いもしなかった。

ひと晩いっしょに過ごしたことで、どうして離婚したのかわかった気がする。おそらく香奈の異常とも言える性欲が原因だ。毎晩、貪るように夫のペニスを求めたのではないか。

（きっと、旦那さんが逃げ出したんだ）

今なら容易に想像がつく。

香奈とのセックスが気持ちよかったのは確かで、この世のものとは思えない快楽を味わった。

しかし、連日となると躊躇する。香奈のことだから、また何回も求めてくるに違いない。気絶するまで精液を搾り取られるのだ。とてもではないが、そんな体力は残っていなかった。

香奈は美しくて物静かなだけではなく、家事も得意という理想的な女性だ。セックスが好きというのも、夫としてはうれしいことだと思う。しかし、限度というものがある。あそこまで性欲が強いと、体力が削られてしまう。仕事に支障を来《きた》すのは目に見えていた。

実際、昨日は浩介も仕事にならなかった。

香奈の離れで遅い朝食をごちそうになったあと、久我山家の母屋には寄らず、まっすぐ民宿に戻った。そして、温泉にゆっくり浸かって疲れを癒《いや》すと、部屋でぼんやりして、晩ご飯を食べると早めに休んだ。

そして、今朝目覚めると、体調はすっかり戻っていた。

昨日、無理をせずに休んだのがよかったのだろう。これなら交渉を再開できる。今日は久我山家を訪ねて、また美智代と話をするつもりだ。

おそらく、三人の孫娘から誰かひとりを選べと迫られるだろう。

それはそれとして、本当に土地を売買する気があるのか。場所はどこで、どれくらいの面積なのか。価格には納得しているのか。確認しておくべきことが、まだたくさんあった。

(先に連絡したほうがいいよな)

朝食を摂って部屋に戻ると、浩介はスマホを取り出した。

今日はアポイントメントを取っていない。念のため電話をかけようとしたとき、着信音が響きはじめた。

画面には「久我山」と表示されている。偶然に驚きながら、着信ボタンをスライドさせる。

『もしもし、板倉です』

『おはようございます。久我山紗弥と申します』

浩介が名乗ると、すぐに落ち着き払った声で返事があった。

次女の紗弥だ。思いがけない相手に緊張感が高まる。一度だけ会っているが、冷たい感じが苦手だった。

『今、ちょうど電話をかけようとしていたところです。これから、おうかがいしたいと思っていたのですが、美智代さまはご在宅でしょうか』

なんとか気持ちを落ち着かせて尋ねる。滞在期間はあと四日しかない。少しでも話をつめておきたかった。

『おばあさまは島の会合に出かけています。今日は会えません』

紗弥は淡々とした声で答える。

契約のことなどまるで興味がないのか、感情の起伏が読み取れない。しかし、浩介にとっては大問題だ。

『そんな……』

つい心の声が漏れてしまう。

こちらに時間がないのは美智代もわかっているはずだ。それなのに、どうして会ってくれないのだろうか。

『今日はわたしが板倉さんに会うように、おばあさまから仰せつかっています』

『えっ、そうなんですか？』

紗弥の言葉を聞いて、浩介は思わず聞き返した。

『わたしでは、ご不満ですか？』

『い、いいえ、決してそういうわけでは……』

不満だったわけではないが、誤解を与えてしまった。美智代がほかの人に家のことをまかせるとは意外だった。

『わたしは久我山家の不動産を管理する仕事を任されており、経理を担当しています。すべての決定権はおばあさまにありますが、わたしも久我山家が所有する土地については把握しております』

『し、知らなかったこととはいえ、失礼しました』

浩介は慌てて謝罪する。電話口で相手から見えないのはわかっているが、腰を深々と追って頭をさげた。そんな浩介の気持ちが伝わったのか、紗弥が小さく息を吐き出すのがわかった。

『とにかく、仕事が終わってから、そちらにおうかがいします。夕方になると思うので、それまでゆっくり休んでいてください』

『は、はい。お待ちしております』

浩介はもう一度頭をさげてから電話を切った。

紗弥がここに来るとは予想外だ。あのクールな雰囲気を思い浮かべると、ふたりきりで会話が弾むシーンは想像できない。それでも、なんとか交渉を進めなければならなかった。

2

緊張で晩ご飯はほとんど喉を通らなかった。

浩介は部屋に戻ると、鏡をのぞいてネクタイの角度を直した。夕方と言われただけで、紗弥が何時に来るのかわからない。ただ待ちつづけるというのは、じつにつらい時間だった。

午後七時すぎ、ノックの音が響いた。

「お客さまをお連れしました」

女将の小百合の声だ。

浩介は慌てて出迎えに向かうと、紗弥はにこりともせずに立っていた。遅くなったことを詫びるわけでもなく、浩介の顔をじっと見つめている。

「ど、どうぞ……」

紗弥を部屋に迎え入れると、小百合はなにも言うことなく襖を閉めて立ち去った。

「お待ちしていました。こちらにどうぞ」

空気が張りつめるなか、浩介は座布団を勧める。すると、紗弥は黙ったまま、座布団の上に正座をした。

タイトスカートがずりあがり、ストッキングに包まれた太腿がチラリと見える。思いのほか肉感的で、一瞬、視線が向いてしまう。しかし、すぐに顔をそむけて、座卓を挟んだ向かい側で正座をした。

「これを……」

紗弥がはじめて口を開いた。

持参した紙袋のなかから焼酎の四合瓶を取り出して、座卓の上にそっと置く。それを浩介のほうへと滑らせた。

「島で採れた紅芋《べにいも》を使った芋焼酎です」

口調は相変わらず淡々としているが、島の地酒を手土産に持ってきてくれたという。冷静沈着で感情の起伏がわかりにくいため、不機嫌に見えてしまうことがある。しかし、本当は気を使える繊細な性格なのかもしれない。

「ありがとうございます。あとでいただきます」

酒は好きなほうだ。浩介が礼を述べると、紗弥がまっすぐ見つめてきた。

「飲みながらお話をしませんか」

意外な提案だった。

これから仕事の話をするのに、酒を飲みながらというのはどうなのだろうか。しかし、ここで断れば雰囲気が悪くなるかもしれない。今は提案を受け入れて、ざっくばらんな話し合いをするべきではないか。

「いいですね。飲みましょう」

座卓の上にはお茶のセットが置いてある。そこから湯飲みをふたつ取った。

「飲み方はどうしますか。お湯なら沸かせますけど」

部屋に備えつけの電気ポットを手にして尋ねると、紗弥は静かにうなずいた。

さっそくお湯を沸かして、湯飲みで芋焼酎のお湯割りをふたつ作る。とたんに甘い芋の香りがひろがった。

「乾杯しましょう」

紗弥が湯飲みを持ちあげる。浩介も湯飲みを持って頭をさげた。

「乾杯、いただきます」

ひと口飲むと、芋の香りが鼻に抜けていく。これほどうまい地酒があるとは知らなかった。

「これ、すごくおいしいです。プロジェクトがうまくいったら、ホテルのメニューにぜひ加えたいです」

思わず前のめりになるが、紗弥は静かに首を左右に振った。

「生産量が少ないので無理だと思います。地元でしか出まわっていないお酒です」

昔から作られている酒だが、地元だけで消費されているという。生産量を増やそうとすれば品質が落ちる。だから、蔵元は増産を考えていないらしい。

「そうですよね。すみません、浅はかでした」

「謝る必要はありません。プロジェクトの資料を拝見しました。地元の特産物を使う案は、とてもよいと思います」

紗弥がぽつりぽつりと語りはじめる。基本的には無口だが、どうやらプロジェクトには興味があるらしい。

「読んでいただいたんですね。ありがとうございます」

「あの資料は板倉さんが全部考えたんですか？」

「全部ではないですけど、いろいろ案は出しました。それを会議にかけて、ほかの人の提案も盛りこんで、また作り直して……それを何回もくり返すんです」

要《かなめ》となる温泉の調査などもあるので、プロジェクトの草案が完成するまで一年以上はかかっている。それから、ようやく土地の買取の交渉だ。失敗すれば多くの人の努力が無駄になってしまう。

「本社は東京なんですよね。支店がいくつもあるのでしょう？」

「全国の主要都市にあります」

「でも、こういうプロジェクトは東京で計画するんですよね？」

紗弥の興味はつきない。プロジェクトのことだけではなく、会社のことも気になるようだ。

「開発などの大きな計画は、基本的に東京本社で行なわれています」

「大変そうだけど、やりがいのあるお仕事ですね」

「はい……プレッシャーもありますけど」

つい本音がポロリと漏れてしまう。

交渉がうまくいかなかった場合、社内での浩介の評価はガタ落ちになるだろう。別の人が交渉に当たることになるが、浩介はプロジェクトから外されるかもしれない。それを考えると胃が痛かった。

「わたしも外で働いてみたいわ」

紗弥は遠い目をして芋焼酎のお湯割りを喉に流しこんだ。

「ああいう家に生まれて、何不自由のない生活をしているけれど、正直、やりがいを感じたことはないから……でも、贅沢な悩みですよね」

今は久我山家が所有している土地の管理をしているという。

経理を担当しており、そのほとんどが賃貸契約らしい。久我山家の土地を島民たちに貸すことで利益を得ている。知的好奇心の強い紗弥にとっては、物足りない仕事なのかもしれない。

「島を出ようと思ったことはないんですか？」

素朴な疑問を投げかける。

「わたしには家の仕事があります。わたしの個人的な感情で、家のことを疎《おろそ》かにはできません」

紗弥はきっぱりと言いきった。

きっと責任感の強い女性なのだろう。家の仕事も妥協することなく、きっちりやっているに違いない。

（まじめな人なんだな……）

浩介はしみじみ思った。

紗弥が一般企業で働けば、それなりの成果をあげるのではないか。本人も島の外に出て働きたい気持ちがあるのだろう。しかし、久我山家の仕事を人にまかせることもできない。きっと庶民にはわからない苦労があるに違いなかった。

「おばあさまには感謝しています。わたしたちのために、こうして板倉さんと話す機会を作ってくれたのですから」

窮屈そうに見えるが、とくに不満があるわけではないらしい。本人が言うように、贅沢な悩みなのかもしれない。

「これ、おいしいでしょう。せっかくだから飲んでください」

紗弥は気を取り直したように言うと、焼酎のお湯割りを作ってくれた。

「すみません、ありがとうございます」

ふだん冷たい感じがするが、ふと見せるやさしさに惹《ひ》きつけられる。

紗弥がどうして結婚できないのかわからない。クールで知的なだけではなく、美しさも兼ね備えている。それこそ島の外に出て働けば、いくらでも相手はいるのではないか。家に縛《しば》られているようで、少しかわいそうな気がした。

3

（あれ？）

気づくと両手が動かなかった。

なぜか布団が敷いてあり、浩介はそこでうつ伏せになっている。両手が背後にまわされて、腰の上で固定されているのだ。左右の手首をひとまとめにして、なにかがグルグル巻きつけられていた。

（な、なんだこれ？）

うつ伏せのまま周囲に視線をめぐらせる。

ここは浩介が泊まっている民宿の部屋だ。少しずつ意識がはっきりしてくるが、なにが起きているのかわからない。

「ようやくお目覚めのようね」

紗弥の声が聞こえた。

しかし、死角にいるのか、姿は見えない。声のする方向から察するに、やや後方に立っているようだ。

「なんか、おかしいんです」

腕に力をこめるが、やはり動かすことはできない。手首に巻きついている物が食いこみ、鈍い痛みがひろがった。

「動けないんです」

「当たり前でしょう。浴衣《ゆかた》の帯で縛ってあるんだから」

開き直ったように紗弥が答える。

その声はどこか楽しげだ。先ほどまでの淡々とした感じとは明らかに異なり、猛烈な違和感を覚えた。

（えっ、どうして……）

さっぱりわからない。とにかく、部屋に備えつけの浴衣の帯で縛られたのは確かなようだ。

「あのお酒、飲みやすいけど強いのよ。はじめて飲む人は、たいてい潰れるの」

そう言われて思い出す。

芋焼酎のお湯割りを飲んでいるうちに、いつの間にか寝てしまったのだ。あとのほうは紗弥が作ってくれたので、濃いめになっていたのかもしれない。

「これは、なんのつもりですか？」

頭が混乱している。冗談にしても人を縛るのはやりすぎだ。わけがわからず、焦りばかりが大きくなっていく。

「ほ、ほどいてください」

「うるさいわね。騒いだって無駄よ」

「だ、誰か――」

「まだわからないの？」

大声で助けを呼ぼうとしたとき、尻たぶをペシッと軽くたたかれた。

「えっ？」

その感触ではっとする。

なぜか尻が剝《む》き出しになっていた。尻だけではない。先ほどまでスーツを着ていたはずなのに、どういうわけか裸になっている。まっ裸でうつ伏せになり、うしろ手に縛られているのだ。

「助けを呼べば、裸を見られることになるわよ」

そのひと言で躊躇する。人が大勢集まれば、恥ずかしい姿を見られてしまう。両手を縛られているので、どこも隠すことができないのだ。

「おとなしくしていれば、悪いようにはしないわ」

「ちょ、ちょっと、なにかしたんですか？」

「なにかするのはこれからよ。まだ裸にして手首を縛っただけ」

紗弥はこともなげに言うと、浩介の体を仰向けにゴロリと転がした。

「うっ……」

背後で縛られた両腕に自分の体重がかかって、鈍い痛みがひろがる。しかし、そんなことより、目の前の光景に驚愕した。

紗弥がスーツを脱いで下着姿になっている。

しかも、挑発的な黒いシルクのブラジャーとパンティだ。精緻《せいち》なレースが色っぽくて、見ているだけで牡《おす》の欲望がかき立てられる。お堅いイメージのスーツの下に、こんなセクシーなランジェリーを着けていたとは驚きだ。

「ど、どうして？」

浩介の頭はさらに混乱してしまう。

しかし、紗弥の身体から視線をそらせない。わけがわからないまま、猛烈に惹きつけられていた。

二十八歳の女体はスラリとして、抜群のプロポーションだ。黒のランジェリーが肌の白さを際立たせている。乳房はカップからこぼれそうになっており、パンティが貼りついた恥丘は肉厚で誘うようにふくらんでいた。

「わたしのことばっかり見てるけど、あなたも裸なのよ」

そう言われて、あらためて自分が裸だということを思い出す。

萎えたペニスが情けない。勃起した状態を見られるのも恥ずかしいが、これはこれで屈辱的だ。

「縮まってるじゃない。すぐに大きくしてあげる」

紗弥がペニスを見おろしてニヤリと笑う。

いったい、なにをするつもりだろうか。恐ろしくなって身をよじるが、やはり縛られた両手はびくともしない。

「ま、まさか、最初からこうするつもりで、俺に焼酎を……」

「やっとわかってきたみたいね」

どうやら、浩介の考えは当たっていたらしい。紗弥の目が見開かれて、ギラリと妖しげな光を放った。

「わたし、男を嬲《なぶ》るのが大好きなの。島だと出会いがなくて困ってたのよ」

「な、なにを言ってるんですか」

冷水を浴びせかけられたように背すじが寒くなる。

裸に剝かれた挙げ句、腕を縛られて自由を奪われているのだ。なにより、知的な美女だと思っていた紗弥の豹変ぶりが恐ろしかった。

「久しぶりなの。たっぷり楽しませてもらうわよ」

紗弥は唇の端を吊りあげると、浩介の隣で横座りする。そして、自分のバッグから習字の筆を取り出した。

「今からなにをされると思う？」

目の前で筆を見せつけると、いきなり浩介の首すじをすっと撫でた。

「うう っ……」

思わず呻き声を漏らして身をよじる。ゾクッとする刺激が走り、反射的に肩をすくませた。

こんなことをするために、わざわざ筆を持参したのだろうか。その用意周到さが不気味でならない。男を嬲るのが好きだと言っていたが、最終的にどうするつもりなのだろうか。

「いい反応ね。もっと楽しませなさい」

紗弥は再び筆で首すじをスーッと撫であげる。筆の先が触れるか触れないかのフェザータッチだ。

「ううッ……く、くすぐったいです」

「でも、それが感じるでしょう」

紗弥はさも楽しげにささやき、執拗に首すじを撫でまわす。

うしろ手に縛られている浩介は、身をよじることしかできない。やがて彼女の操る筆先は、首すじから胸板へとおりてくる。乳首の周囲で円を描きながら、徐々に輪を小さくしていく。

「ま、待ってください――くううッ」

筆先が乳輪に触れて、体がビクッと反応する。首すじとは比べものにならない刺激が走り抜けた。

(ど、どうして、こんなに……)

浩介は激しく困惑していた。

自由を奪われているせいなのか、じっくりした愛撫のせいなのか、ふだんよりも全身が敏感になっている。軽く触れられただけでも、恥ずかしいくらいに体が跳ねてしまう。

「たまらないでしょう。身動きが取れないと、敏感になるのよ」

紗弥は妖艶《ようえん》な笑みを漏らすと、筆の先で乳輪をやさしくいじる。左右の乳輪を交互に撫でまわすが、決して乳首には触れず、そっと掃《は》くようなきわどい刺激だけを送りこんでいた。

「そ、それ……ううッ」

浩介は情けない呻き声を漏らすことしかできない。乳輪がどんどん敏感になり、まだ触れられていない乳首がぷっくり隆起していく。

「ふふっ……乳首が勃起してるじゃない」

そうささやいた直後、ついに筆先が乳首を撫でる。その瞬間、感電したような刺激がひろがった。

「くううッ」

背中がのけぞり、全身の筋肉が硬直する。

硬くなった乳首は感度を増しており、軽く撫でられただけで凄まじい快感電流が走り抜けた。

「あら、乳首だけじゃなくて、オチ×チンまで硬くなってるわよ」

指摘されて、はじめて勃起していることを自覚する。

乳輪と乳首を執拗にいじられているうちに、いつの間にかペニスがギンギンにそそり勃《た》っていた。

「どうして、こんなになってるの?」

紗弥が筆先でペニスの裏スジをスーッと撫であげる。

「くおおおッ」

それだけで強烈な快感が走り、硬くなったペニスがビクンッと跳ねた。

先端の鈴割れからは我慢汁が溢れており、亀頭をぐっしょり濡らしている。もっと強い刺激が欲しくなるが、紗弥は裏スジだけを撫でつづける。

「もうビンビンね。こうすると気持ちいいでしょう?」

「そ、そこは……ううッ」

筆でくすぐられるたび、先端から我慢汁がどんどん溢れる。

しかし、それだけでは射精できない。快感が延々とつづくだけで、焦燥感だけが募っていく。

さらには敏感なカリもくすぐられる。周囲をグルリとまわり、筆先は亀頭の先端へと移動した。そして、透明な汁が溢れている尿道口を這いまわる。毛先で小突かれては、我慢汁を亀頭全体に塗り伸ばされた。

「うッ……ううッ」

甘い刺激を絶え間なく送りこまれて、全身がヒクヒクと震えている。

もっと強い刺激がほしい。そして、思いきり射精したい。どす黒い欲望が腹の底から湧きあがる。しかし、紗弥に対してそんな願望を口に出せるはずがない。うしろ手に縛られた体をよじりつづけるしかなかった。

「そろそろ飽きてきたわね」

紗弥は筆を置くと、今度は指先で乳首を摘まみあげた。

「あぁッ……」

思わず大きな声が漏れてしまう。筆とは異なる直接的な刺激が、強い快感となって全身にひろがった。

「女の子みたいに喘いじゃって、恥ずかしくないの?」

からかいの言葉をかけられるが、喘ぎ声を抑えられない。さんざん焦らされたことで、ただでさえ敏感な乳首がさらに感じるようになっている。そこを指先で転がされるたび、勃起したペニスがビクビクと跳ねあがった。

「も、もう……くううッ」

なんとか声を抑えようとして、下唇を強く噛みしめる。しかし、体は小刻みに震えつづけていた。

「がんばるじゃない。嬲りがいがあるわ」

紗弥は凄絶な笑みを浮かべると、いったん立ちあがる。

なにをするのかと思えば、ブラジャーを取り去り、パンティもおろしていく。そして、生まれたままの姿になり、見事な女体を惜しげもなくさらした。

乳房は長女の香奈に負けず劣らず大きく、乳首は濃いピンク色だ。腰のくびれが顕著で悩ましいS字のラインを描いている。陰毛は楕円形に整えられており、太腿は肉づきがよくむっちりしていた。

(さ、紗弥さんが裸に……)

思わず視線が吸い寄せられる。

たっぷり焦らされたあとなので、なおさら魅力的に感じる。ペニスは痛いくらいに勃起しており、我慢汁がとまらなくなっていた。

「こんなに勃たせて、お仕置きが必要みたいね」

紗弥は逆向きになると、浩介の顔をまたいで膝立ちになる。両膝をシーツにつけた顔面騎乗の体勢だ。

(おおおっ……)

浩介は腹のなかで唸り、両目をカッと見開いた。

顔の真上に紗弥の股間が迫っている。サーモンピンクの陰唇がまる見えになっているのだ。しかも、割れ目から透明な汁が溢れている。浩介を嬲ることで興奮して、濡らしているに違いない。

(紗弥さんも感じてるんだ……)

そう思うと、なぜか浩介の興奮も倍増する。焦らされて嬲られながらも、激しく欲情していた。

紗弥が尻を落としたことで、浩介の口と鼻に女陰が密着する。愛蜜がクチュッと弾《はじ》けると同時に、チーズにも似た匂いが鼻腔に流れこんだ。

「うむむっ」

息苦しさに思わず呻く。そんな浩介の反応が楽しいのか、紗弥は股間をさらに強く押しつけてきた。

「しっかり舐めなさい。ちゃんとできないと、どかないわよ」

「ううっ……」

このままでは窒息してしまう。浩介は舌を伸ばして、女陰に這わせていく。息を吸いたい一心で、割れ目を懸命に舐めまわした。

「あンっ、そうよ。その調子よ」

紗弥が甘い声を漏らした直後、亀頭に快感がひろがった。

指で摘まれて、ヌルヌルと撫でられているのだ。破裂しそうなほど張りつめた亀頭を刺激されたことで、股間がビクッと跳ねあがった。

「すごい反応ね。息ができないと、なおさら敏感になるのよ」

紗弥の言うとおり、異常なほど感じてしまう。

気が遠くなるほど息苦しいのに、なぜか感度は上昇している。いじられている亀頭に意識が集中して、我慢汁がドクドク溢れる感覚がはっきりわかった。

（く、苦しいのに……）

快感が大きくなっている。

ときどき紗弥が尻を浮かせるので、一瞬だけ息を吸うことができる。しかし、すぐに陰唇が口と鼻に密着してしまう。窒息の恐怖と亀頭を愛撫される快感が、浩介を翻弄していた。

「舌がとまってるわよ」

指摘されて、慌てて舌を動かす。女陰を舐めまわすと、膣口に舌先をヌプッと埋めこんだ。

「はあンっ、いいわ、上手よ」

紗弥は喘ぎ声を漏らしながら、ご褒美とばかりに亀頭を撫でまわす。我慢汁で濡れたカリを、指先でやさしく刺激していた。

「ううッ……うむッ」

呼吸が苦しいせいで、頭がまわらなくなっている。とにかく、舌を動かして奉仕をつづけるしかない。膣に埋めこんだ舌を出し入れすれば、愛蜜が飛び散って顔面に降りかかった。

（も、もう……）

射精したくてたまらない。

しかし、口をふさがれている状況では、懇願することもできず、我慢汁を漏らしつづけるしかなかった。

「そろそろ限界かしら」

ようやく紗弥が腰を浮かせて顔から降りる。そして、隣で横座りすると、またしても指先で亀頭だけをいじりはじめた。

「も、もう……もう無理ですっ」

浩介は全身をヒクつかせながら震える声で訴える。これ以上は我慢できない。射精したくて、頭のなかが燃えあがったようになっていた。

「なにが無理なの？」

紗弥はわかっていながら、まだ焦らしつづける。右手でカリを撫でながら、左手で乳首をキュッと摘まみあげた。

「くううッ、だ、出したいっ、もう出したいですっ」

必死に懇願すると、紗弥はうれしそうに目を細める。しかし、まだ亀頭と乳首だけを刺激していた。

「出したいなら、ちゃんとお願いしなさい」

とことんまで焦らして、浩介を屈服させるつもりなのだろう。そんな紗弥の考えがわかるが、躊躇している場合ではなかった。

「お、お願いします、出させてくださいっ」

恥も外聞もない。とにかく射精したくてたまらない。浩介は涙を流しながら、懇願をくり返した。

「くううッ、も、もう我慢できません。お願いします、射精させてくださいっ」

「ちゃんと言えるじゃない」

紗弥はほっそりした指を太幹に巻きつけると、我慢汁のヌメリを利用してしごきはじめる。

「おおおおッ、」

たまらず歓喜の声が溢れ出す。ニュルニュルと擦りあげられて、ようやく待ち望んでいた強い快感がひろがった。

「き、気持ちいいっ、くおおおおッ」

「はしたない声をあげて、恥ずかしくないの？」

「は、恥ずかしいです、けど……おおおおッ」

羞恥と屈辱が大きければ大きいほど、快感がふくれあがる。紗弥はそれを熟知したうえで、浩介を焦らし責めにかけて嬲っていた。

「思いきり出しなさい」

しごくスピードがあがり、快感がどんどん送りこまれる。両手の自由を奪われた体が硬直して、ペニスが激しく反り返った。

「くううッ、で、出るっ、出ますっ、ぬおおおおおッ！」

ついに亀頭の先端から白濁液が噴きあがる。大量の精液が白い放物線を描き、自分の腹から胸にかけて飛び散った。

極限まで焦らされたため、欲望を解き放つ快感は経験したことがないほど大きくなる。粘性の強いザーメンが尿道を駆け抜ける刺激は強烈で、腰が砕けるかと思うほどの愉悦が全身を貫いた。

「ああっ、すごいわ」

紗弥が楽しげにつぶやき、さらにペニスをしごきあげる。手にザーメンが付着するのも構わず、射精中の太幹を擦りつづけた。

「おおおッ、も、もうっ、おおおおおおッ！」

まるで間歇泉《かんけつせん》のように、精液が二度三度と噴きあがる。体がブリッジするように仰け反り、爆発的な悦楽がひろがった。

4

「ふふっ、楽しいわ」

紗弥の笑い声が、浩介の乱れた息づかいに重なった。

ふだんのクールさから一転して、今はやけに饒舌《じょうぜつ》だ。目をギラつかせて、浩介を見おろしている。男を嬲ることで興奮し、乳首をビンビンに勃たせるほど昂っていた。

「も、もう……ゆ、許してください」

浩介は泣きそうな声で懇願する。

たっぷり射精したにもかかわらず、またしても亀頭をいじられているのだ。ペニスは萎えることを許されず、先端から新たな我慢汁をこぼしていた。

「なに調子のいいこと言ってるの。自分だけ気持ちよくなってるんじゃないわよ」

紗弥の口調はますますSっ気を帯びていく。

太幹に指を巻きつけると、ねちっこくしごきはじめる。さらには乳首を摘まみ、指の間でクニクニと転がした。

口調はきついが、愛撫の手つきはあくまでもやさしい。甘ったるい刺激を送りこまれて、蕩けるような快感がひろがってしまう。勃起したままのペニスは、再び絶頂を求めてヒクついた。

「そ、そんなにされたら……」

「はっきり言いなさい」

紗弥が鋭い目つきで命令する。

もちろん、その間も愛撫の手を休めない。我慢汁まみれの尿道口を指先で撫でながら、乳首を執拗に転がしていた。

「ううッ……だ、出したいです」

「出したばっかりでしょ」

「も、もう一度……お、お願いします」

懇願せずにはいられない。またしても射精欲が盛りあがっている。つい先ほど大量に放出したのに、早く出したくて仕方がない。かつてこんなことはなかった。それだけ紗弥の愛撫が巧みなのかもしれない。

「さ、紗弥さんっ、おかしくなっちゃいます」

焦らし責めのつらさは身に染みてわかっている。浩介は懸命に訴えると、股間を突きあげてアピールした。

「情けない格好ね。そんなに出したいの？」

「は、はい、出したいです」

もし自分の手が使えたなら、猿のようにペニスをしごいて射精していただろう。だが、今は情けなく懇願することしかできない。しかし、こうして屈服している自分に興奮しているのも事実だ。

「もう我慢できなくなったのね。だったら、どうするの？」

紗弥が片頬に妖艶な笑みを浮かべた。

こうして見おろされていると、紗弥が絶対的な支配者に思えてくる。両手を拘束されて焦らされたことで、逆らおうという気が起きなくなっていた。

「お、お願いします。もう一度、思いきり出させてください」

懇願の言葉を口にするたび、背すじがゾクゾクする。

これは単なる言葉遊びだ。プレイの一環だということは理解しているが、屈服した先にある快感の大きさを知ってしまった。再びあの快感を味わえると思うと、隷属することへの抵抗は薄れていく。

「また、しごいてほしいの？」

「しごいてください。紗弥さんの手で出したいです」

「紗弥さま、でしょ」

強い口調で訂正される。それと同時に乳首をキュッと摘まれた。

「さ、紗弥さま……お、お願いします」

さらに期待がふくれあがる。

女王さまのように君臨する紗弥に、ペニスをしごかれて射精に導かれるのだ。それを想像しただけで、我慢汁がどっと溢れた。

「よく言えたわね。今度は手じゃなくて、わたしのなかで出させてあげる」

紗弥が浩介の股間にまたがった。

両膝をシーツにつけた騎乗位の体勢だ。右手で竿を握り、亀頭を濡れ光るサーモンピンクの陰唇に押し当てる。そのまま腰をゆっくり落とせば、ペニスが女壺にズブズブと埋まっていく。

「はあああっ」

女体が震えて、歓喜の声がほとばしる。

紗弥も昂っていたに違いない。カリで擦られたことで膣道が収縮して、ペニスをしっかり食いしめた。

「ううッ……す、すごいっ」

「悪くないわ。ああンっ、大きい、いい感じよ」

紗弥は喘ぎまじりにつぶやき、さらに腰を落としていく。やがてペニスが根元まではまり、熱い膣粘膜に包まれた。

「すぐに出したら許さないわよ」

「は、はい……ううッ」

すでにふくらんでいた射精欲をさらに刺激されて、愉悦の嵐が吹き荒れる。

だが、すぐに発射すれば紗弥を怒らせてしまう。うしろ手に縛られた両手を握りしめて、なんとか欲望を抑えこんだ。

一度射精していなければ、挿入したとたんに暴発していただろう。ギリギリのところで耐えるが、これで危機が去ったわけではない。紗弥が腰を振りはじめると、すぐに愉悦の波が押し寄せてきた。

「くううッ」

「まだダメよ。わたしを楽しませなさい」

紗弥はそう言いながら股間をしゃくりあげる。股間を擦りつけるような前後の動きで、ペニスを味わいはじめた。

「ああンっ、硬くて、気持ちいいわ」

張り出したカリが、膣壁にめりこむ感触を楽しんでいるらしい。両手を浩介の腹に置き、腰をゆったりまわしている。

「も、もっと……くううッ」

腰を激しく振ってほしい。そして、膣のなかに思いきり精液をぶちまけたい。それなのに、紗弥はスローペースで腰を振っている。ようやく挿入したのに、まだ時間をかけて楽しむつもりらしい。

「さ、紗弥さん……紗弥さま、もっと……」

「まだよ。わたしが満足するまで、出してはダメよ」

浩介の声を無視して、紗弥は円を描くように腰を動かす。同時に両手の指先で浩介の乳首をいじり出す。爪の先でやさしく擦ったり、指の腹で転がしたりして、焦れるような快感を送りこんできた。

「ううぅッ……」

手が使えれば、今すぐ彼女のくびれた腰をつかみ、真下からペニスを突きあげていたに違いない。しかし、両手を背後で縛られて、動きを封じられている。紗弥の下で悶えることしかできないのだ。

「あンっ、いいわ……はああンっ」

紗弥の腰の動きが徐々に速くなる。前後動から上下動に切り替わり、雄々しく屹立したペニスを出し入れしていた。

「おおッ……おおおッ」

「感じてるのね。ほら、もっと声を出しなさい」

両手の指先で乳首を摘まれる。甘い刺激が伝わったことで、ペニスがビクッと反応した。

「あうッ、すごいっ、なかで跳ねたわ」

紗弥はおもしろがって乳首を刺激する。そうやって、膣のなかでペニスが動く感触を楽しんだ。

「ううッ、そ、そんなにされたら……」

射精欲が抑えられないほど大きくなる。

乳首を摘ままれるたび、我慢汁がドクンッと溢れて、しかも濃さがどんどん増している。粘度が高くなり、結合部分からねちっこい音が響きはじめた。

「もう出ちゃいそうなの？」

紗弥が前屈みになり、息がかかるほど顔を近づける。舌を伸ばしたと思ったら、浩介の唇をネロリと舐めた。

「も、もう――うむッ」

限界を訴えようとしたとき、唇をふさがれてしまう。そのまま舌が口内に入りこんで、好き勝手に蹂躙《じゅうりん》される。歯茎は頬の内側を舐められたと思ったら、舌をからめとられて猛烈に吸いあげられた。

（さ、紗弥さんと、キスを……）

柔らかい舌の感触に陶然となる。

しかも、ただのキスではない。舌と舌をからませるディープキスだ。紗弥は唾液を吸いあげると、躊躇することなく嚥下《えんげ》する。紗弥とこれほど濃厚なキスを交わすことになるとは思いもしない。まるで犯されているような感覚に陥り、倒錯的な快感がふくれあがった。

（くうッ、も、もうダメだっ）

限界が目の前まで迫っている。

騎乗位でつながったまま、口のなかをねぶられているのだ。膣でペニスを絞りあげられて、さらには両手の指先で乳首も摘まれていた。

「あなた最高よ。わたしの奴隷にしたいわ。あああッ、いいっ」

紗弥は唇を離すと、腰を全力で上下に弾ませる。ペニスを出し入れして、亀頭を何度も膣の奥に引きこんだ。

「おおッ、おおおッ」

「ま、まだよ、あああッ、まだよっ」

出したくてたまらないのに紗弥は許可してくれない。それなのに腰を猛烈に振られ、快感が高まっていく。

「はあああッ、い、いいっ、あああッ」

「お、俺っ、も、もうっ」

「イ、イクッ、あああッ、イクッ、はあああああああッ！」

腰を激しく打ちおろした瞬間、ついに紗弥が絶頂のよがり声を響かせる。ペニスを根元まで咥えこみ、全身をガクガクと痙攣させた。

「くおおおおッ！」

こらえにこらえてきた欲望が爆発する。浩介も雄叫びをあげて、思いきり精液を放出した。熱くて柔らかい膣壁がうねり、男根をさらに奥へと引きこんでいく。その動きに誘われて、精液が何度も噴きあがった。

「あああッ、いいわ、出して、いっぱい出してっ」

紗弥の声が快感に拍車をかける。許可をもらったことで射精が加速して、驚くほど大量にドクドクと放出した。

「き、気持ちいいっ、おおおおおおッ！」

拘束された体が仰け反り、頭のなかが極彩色に染まっていく。

縛られていなかったら、激しく暴れていたかもしれない。それほど強烈な快感が四肢の先までひろがっていた。

「気に入ったわ。また楽しみましょうよ」

紗弥の笑い声が遠くに聞こえる。しかし、その声は急速に小さくなり、やがてすべてが闇に呑みこまれた。

第三章　淫らすぎる性癖

1

「板倉さん、朝食のお時間ですよ」

名前を呼ぶ声とノックの音で、浩介は目を覚ました。

女将の小百合が、廊下から呼んでいる。どうやら寝過ごしたらしい。いつの間にか朝食の時間になっていたようだ。

「すみません、すぐに行きます」

浩介は慌てて体を起こすと、襖《ふすま》に向かって声をかけた。

「慌てなくても大丈夫ですよ」

再び小百合の声が聞こえて、足音が遠ざかっていくのがわかった。

浩介はほっとして大きく息を吐き出した。

今、襖を開けられたら、危ないところだった。なにしろ浩介はまっ裸で、ペニスの周辺は精液と愛蜜の残滓《ざんし》でガビガビの状態だ。しかも、昨夜の荒淫の名残で、部屋の空気はよどんでいた。

今さらながら周囲を見まわすが、紗弥の姿は消えている。

昨夜、浩介が疲れはてて眠りに落ちたあと、拘束していた帯をほどいて帰ったのだろう。

（それにしても……）

思い返すとペニスがズクリッと疼いた。

あのクールな紗弥が、セックスになるとドSに豹変するとは驚きだった。男を嬲ることで悦《よろこ》びを覚えて、激しく昂っていた。

浩介のことを気に入ったようだが、あんなセックスをするのでは体が持たない。慣れてきたら、もっと激しいことをしてきそうだ。回数を重ねるごとにエスカレートしていくのではないか。

紗弥が結婚できない理由がわかった気がする。

性癖が合わなければ、結婚どころかつき合うこともできないだろう。昨夜のセックスは最高に気持ちよくて快楽に流されてしまったが、浩介は根っからのMというわけではない。紗弥と結婚して、うまくいくとは思えなかった。

（とにかく、飯を食べにいかないと……）

時刻はすでに午前九時をすぎている。浩介が早く朝食を摂らないと、片づけができなくて困るだろう。

シャワーを浴びたいところだが、部屋にバスルームはない。仕方なくタオルを水で濡らして固く絞り、ペニスを念入りに清める。さらには精液が飛び散った胸や腹を何度も拭いた。

スラックスを穿いてワイシャツを着ると、急いで一階の食堂に向かう。すでにほかの宿泊客の姿はない。テーブルには浩介のぶんの食器だけが残っていた。

「遅くなって、すみません」

割烹着姿の小百合に向かって頭をさげる。

昨夜の声が聞こえていたのではないかと不安になるが、小百合の様子はいつもと変わらない。やさしげな微笑を浮かべて、軽く会釈してくれた。

「お座りになってお待ちください。すぐに準備しますね」

「はい、お願いします」

浩介が席に着くと、小百合は厨房に向かう。

そのとき、料理を作っている小百合の旦那の姿がチラリと見えた。毎回、同じことを思うのだが、彼女よりずいぶん年上に感じる。小百合はおそらく三十代なかばだが、旦那はいくつなのだろうか。

（どう見ても五十代だよな）

しかも、青白い顔をしており、いかにもひ弱そうだ。

年が離れている夫婦はいくらでもいるので不思議ではない。しかし、小百合は愛想がよくて、感じのいい女性だ。あまり会話もないようだし、今ひとつ釣り合っていない気がした。

「お待たせしました」

小百合が食事の載ったトレーを手にして、テーブルにやってくる。

「夫のことが気になりますか？」

どうやら、浩介の視線に気づいていたらしい。小百合はトレーを置きながら、にこやかに尋ねてきた。

「い、いえ……」

さすがに年齢を聞くことはできない。言いよどんで口をつぐむと、小百合はふっと表情を和《やわ》らげた。

「年が離れているように見えるでしょう。夫は五十一歳で、十五も離れているんです」

こちらから尋ねることなく、小百合が教えてくれる。

ということは、小百合は三十六歳だ。思っていたとおりの年の差夫婦だが、言わせてしまったようで申しわけない気持ちになる。

「なんか、すみません」

「よく聞かれるので慣れています。気にしないでくださいね」

小百合は気を悪くした様子もなく、いつもどおりの笑みを浮かべていた。

「わたしも夫も島の生まれなんです。島はどうしても出会いが少ないですから、わたしたちみたいな年の差夫婦ができてしまうんです」

「なるほど……」

つい神妙な顔になってしまう。

出会いが少ないという話は、この島に来てから何度も耳にしている。きっと切実な問題なのだろう。

小百合の口ぶりからすると、とくに年上が好きというわけではないようだ。出会いが少ないと、どうしても妥協するところが多くなるのではないか。こういう言い方は失礼かもしれないが、相手を選べなかったのかもしれない。

久我山家の三姉妹も出会いが少なくて苦労している。

長女と次女は性に関して特殊なところがあるので、なおさら相手が見つからないのだろう。いずれにせよ、三人の容姿はずば抜けている。都会に出れば、男たちが群がってくるのは間違いなかった。

（でも、家の事情があるんだよな……）

島の名家に生まれてしまった宿命というやつだ。

当主である美智代が認めた相手としか結婚できない。古くさい考えだと思うが、伝統的にそうやってきたのだろう。

つまり彼女たちは都会に出て、自分で決めた男を島に連れ帰ることはできない。当主の承諾が必要で、それが当然のことと思っている。香奈も紗弥も不満に思っている様子はなかった。

「久我山さんのところのお孫さんたちも、大変みたいですね」

ふいに小百合がつぶやいた。

「え、ええ……そうみたいですね」

まさか自分が結婚相手の候補だと言えるはずもない。

しかも、すでに長女と次女のふたりとセックスしているのだ。身体の相性までチェックするなど、普通に考えたらあり得ない。知られたら軽蔑されそうで、必死に作り笑顔でごまかした。

「あっ、もうこんな時間だ」

これ以上、話をつづけるとボロが出そうだ。急いでいるフリをして視線をそらすと、ご飯を一気にかきこんだ。

2

浩介はいったん部屋に戻ると、久我山家に電話を入れた。

電話口に出たのは女中の老婆だった。美智代が在宅していることを確認して、プロジェクトの話がしたい旨を伝えた。

そして今、民宿をあとにして、久我山家に向かって歩いている。

島の滞在期間は今日を含めてあと三日だ。土地売買の具体的な交渉はまったく進んでいない。このままでは東京に帰れなかった。

(少しでも、話をつめておかないと……)

胸のうちに焦りがひろがっている。

美智代の言葉を思い返す。三人の孫娘のなかから誰かひとりと結婚すれば契約すると言った。しかし、それは口約束にすぎない。約束が守られる保証はなかった。そもそも、そんな交換条件で結婚していいのだろうか。

しかし、香奈と紗弥のふたりとセックスしたことで、引っこみがつかなくなっているのも事実だ。とりあえず、三女の亜紀とも話をするべきだろう。

(なんか、おかしなことになったたな……)

考えると気が重いが、とにかく久我山家へと急いだ。

屋敷の瓦屋根が見えて、徐々に近づいている。生け垣沿いに歩いていくと、正門の前に立っている人影に気がついた。

(あれは……)

もしやと思っていると、向こうも浩介に気づいたらしい。小走りに近づいてくるのがわかった。

「こんにちは」

弾むような声で挨拶したのは三女の亜紀だ。目の前まで来て立ちどまり、人懐っこい笑みを浮かべて頭をペコリとさげた。

クリーム色のハイネックのセーターに、焦げ茶のフレアスカートを穿いている。小さなバッグを斜めがけして、まるでデートにでも行くような雰囲気だ。二十五歳のはずだが、年齢よりも若く見えた。

「どうも、こんにちは」

浩介は困惑しながら挨拶する。

どう考えても偶然とは思えない。浩介が来るとわかっていて、待ち構えていたに違いなかった。

「もしかして、美智代さんに言われたんですか?」

「はい、そうです。浩介さんがいらっしゃるから、お山のほうへご案内するようにと言われています」

亜紀は笑みを絶やさず、はきはきと話す。

事前に連絡を入れたにもかかわらず、亜紀を待たせていたのだ。つまり、美智代は端《はな》から会う気がなかったということになる。

(亜紀さんと話すのが先ってことか……)

浩介は心のなかでつぶやき、納得する。

なんとなく、美智代の言わんとすることはわかった。プロジェクトのことより、孫娘の結婚のほうが大切なのだろう。まずは浩介が三人と話をすることを優先しているに違いなかった。

「ところで、お山というのは?」

先ほど亜紀が口にした「お山」という言葉が気になっていた。

「浩介さんの資料に載っていた購入希望の土地のことです。わたしたちは、お山と呼んでいます」

「それでは、美智代さんは資料に目を通してくれたのですね」

「もちろんです。だって、浩介さんがわたしたちの誰かを選べば、契約をすることになるのですよね?」

亜紀の口調はあっさりしている。

ことの重大さをわかっているのだろうか。契約を結ぶ交換条件で結婚させられるかもしれないのに、抵抗はないのだろうか。

（もしかしたら……）

最初から浩介と結婚する気がないのかもしれない。

美智代に命じられたから、こうして浩介と会っているが、本当は恋人がいるのではないか。

島に若者が少ないとはいえ、ゼロではない。これほどかわいい女性に、彼氏がいないほうが不自然だ。亜紀の場合は結婚できないのではなく、今現在、つき合っている人がいると考えるほうが自然な気がした。

「では、参りましょう」

亜紀にうながされて歩きはじめる。海とは反対方向で、緩やかな坂をのんびり登っていく。

「ところで、亜紀さんはどんなお仕事をされてるんですか」

「役場に勤務しています。窓口にいるので、島の人はほとんど知り合いです」

「へえ、そうなんですね」

彼女の返事を聞いて、なるほどと思う。

役場の窓口なら大勢の人と接する機会があるだろう。亜紀ならデートに誘われることもあるはずだ。

（彼氏がいるなら……）

構えて接する必要はない。結婚相手として選んだところで、断られるに決まっている。そう思うと、かえって楽だった。

「お姉さんたちとは、どんなお話をしたんですか？」

ぶらぶら歩きながら亜紀が尋ねる。

深い意味はないと思う。なにか話さなければと思って、話題を提供してくれたのだろう。しかし、浩介はふたりとセックスしている。それを考えると、どうしても慎重になってしまう。

「香奈さんとは……」

すぐには会話の内容を思い出せない。まっ先に一晩で五回もセックスしたことが脳裏に浮かんだ。

「離れで晩ご飯をごちそうになって……」

「相性はどうでしたか？」

亜紀がドキリとすることを口にする。

もしかしたら、香奈から聞いているのだろうか。恐るおそる横顔を見やるが、とくに変わった様子はない。ピクニックにでも向かうように、軽快な足取りで坂道を登っていた。セックスの相性ではなく性格のことを尋ねたのだろう。

「ど、どうかな……まだ、よくわからないです」

額にじんわり汗が浮かんだ。

セックスの相性なら、香奈は合っていると思っているようだ。しかし、浩介としては、あの貪欲さには体が持ちそうになかった。

「紗弥姉さんはどうでしたか？」

「さ、紗弥さんは……意外な一面もあるというか……」

縛られて嬲られた印象が強烈に残っている。執拗に焦らされて懇願させられた。まさか、あれほど過激なセックスをするとは思いもしなかった。

「そうなんですよね。紗弥姉さんは、見た目と違うんです」

亜紀は相変わらず、にこにこしている。

普通は仲のいい姉妹でも、セックスの話などしないだろう。ここは適当に合わせておけば大丈夫だ。

「紗弥姉さんは、温泉が大好きなんですよね。だから、この別荘もよく使っているみたいです」

「へ、へえ……」

亜紀の言葉にうなずいたとき、視界の隅に大きな建物が映った。

「こ、これは？」

「ウチの別荘ですよ。紗弥姉さんから聞いていませんか？」

いつの間にか、山の中腹に差しかかっている。道から少し入った森のなかに、ログハウスが建っていた。

「温泉もあるんですよ。それで、資料に載っていた土地はこのあたりです」

「な、なるほど、ここがお山ですね」

急に仕事の話になり、別の緊張がこみあげる。周辺を見まわすが、とりあえず目に入る建造物はこのログハウスだけだ。

(別荘ごと買い取るか、少し位置をずらすか……)

なんとかなる気がする。ここに案内してくれたということは、契約を前向きに考えているに違いない。

予想どおり、最高のロケーションだ。高台になっているので、ここにホテルを建てれば温泉に浸かりながら海を眺めることができる。理想的な森のなかの温泉リゾートが脳裏に浮かんだ。

「別荘で休憩しましょう」

亜紀がそう言ってログハウスのほうへ歩き出した。

「お邪魔してもいいんですか？」

浩介はあとを追いながら声をかける。

「もちろんです。まだ、全然お話をしてませんから」

意外な返答だった。

結婚する気がないなら、浩介と話をする必要はないはずだ。美智代に命じられている手前、形ばかり会話をする気なのかもしれなかった。

3

浩介はリビングに案内されて、ソファに腰をおろした。

ログハウスに入るのは、これがはじめてだ。丸太を積みあげて造ってあるので、壁自体がインテリアになっている。木の温《ぬく》もりが感じられて、こうして座っているだけでも心が安らぐ気がした。

亜紀がキッチンから戻ってくる。コーヒーの入ったマグカップを、両手にそれぞれ持っていた。

「ログハウスって、いい雰囲気ですね。これが別荘だなんて、もったいない気がします」

浩介は率直な感想を口にする。

しかも、温泉もあるのだから最高だ。東京の狭いアパートを引き払って、ここで暮らしたいくらいだ。

「わたしも大好きなんです。あったかい感じがしますよね」

「確かにそうですね」

「わたしたち、なんだか気が合いますね」

亜紀が隣に腰をおろして微笑んだ。

(かわいいな……)

ふいに妄想がひろがっていく。

こんなかわいい人が奥さんだったら最高だろう。ログハウスで素敵な女性とまったり暮らす。そんな未来を想像して、浩介も思わず笑みを浮かべた。

「ほかの部屋も見てみませんか」

「はい、見てみたいです」

ログハウスに興味が湧いている。こんな機会はめったにないので、ほかの部屋も見ておきたかった。

「では、さっそく行きましょう」

亜紀に連れられて、リビングをあとにする。

最初に案内されたのは寝室だった。広さは十畳ほどで、中央にダブルベッドが置いてある。ほかの家具は見当たらず、作りつけのクローゼットがあるだけだ。もちろん壁は丸太が剝き出しの造りになっており、窓にかかっているレースのカーテンごしに森の緑が見えていた。

「いかがですか」

亜紀がベッドの前に立って振り返った。

「やっぱりいいですね。ぐっすり眠れそうです」

浩介は寝室のなかを見まわして、大きくうなずいた。

ログハウスの木の温もりと、窓から見える森の景色に癒される。ここで寝たら、疲れが一気に吹き飛ぶのではないか。この出張で疲労が蓄積しているので、横になってみたい衝動がこみあげた。

「寝てみてもいいですよ」

亜紀がにこやかに話しかける。まるで内心を見透かしたような言葉だった。

「いや、でも——」

「遠慮しないで、せっかくですから試してください」

「それでは、ちょっとだけ……」

強く勧められると断りづらい。図々しい気もするが、この際なのでベッドを体験させてもらう。仰向けになって、ログハウスの天井を見あげた。

「なるほど、こういう感じですね」

感想を述べていると、ふいにマットレスが沈みこんだ。なぜか、すぐ隣で亜紀も仰向けになったのだ。

「ふたりで寝ると、こんな感じです」

そう言うと、亜紀はくすぐったそうに微笑んだ。

「え、ええ……」

浩介は慌てて視線をそらして、再び天井を見あげた。

近くで見ると、なおさらかわいい。肩が触れ合っているのも気になり、胸の鼓動が急激に速くなってしまう。

「夫婦でここに住むのもいいですよね」

ふいに亜紀がドキリとすることを口にする。いったい、どういうつもりで言っているのだろうか。

「新婚のうちは、ログハウスで暮らすというのはどうですか」

「えっ？」

思わず隣に視線を向けると、亜紀もこちらを見つめていた。

頬を薄ピンクに染めた顔が愛らしい。至近距離で見つめ合うことになり、心臓がバクバクと音を立てた。

「あ、あの、さっきからなにを……」

からかわれているのだろうか。

しかし、亜紀の顔は真剣そのものだ。それどころか、浩介の言葉を受けて、瞳に涙を滲ませていた。

「わたしでは、ダメなんですね」

ひどく悲しげな声になっている。今にも泣き出しそうだが、どういうことなのかわからない。

「あ、亜紀さん？」

「わかっています。わたしは、お姉さんたちみたいに色っぽくないし、子供っぽいってよく言われるし――」

「ちょ、ちょっと待ってください」

浩介は慌てて亜紀の言葉を遮った。

「もしかして、結婚のことですか？」

「それ以外になにがあるんですか？」

まさかと思いながら尋ねると、亜紀は不服そうにつぶやいた。

「わたしのことなんて、相手にしてなかったんですね」

「い、いいえ、違うんです」

浩介は跳ね起きると、ベッドの上で正座をする。

「亜紀さんがあんまりかわいいから、きっと彼氏がいると思いこんでしまって……すみませんでした」

正直に話して頭を深々とさげた。

完全に自分のミスだった。亜紀はまだ二十五歳と若いこともあり、結婚を焦っていないと決めつけていた。美智代に命じられたから、義務的に浩介と話しているのだと思っていた。

「わたし、彼氏なんていません」

亜紀はぽつりとつぶやいて顔をそむける。

視線は浩介とは反対方向、クローゼット側に向いていた。もしかしたら、機嫌を損ねてしまったのだろうか。

「ほ、本当にすみませんでした」

「わかりましたから、そんなに謝らないでください」

亜紀も身体を起こすと、目の前で横座りする。そして、恥ずかしげに頬を赤らめて、浩介の顔をじっと見つめた。

「ところで、さっき……わたしのこと、かわいいって……」

「はい、すごくかわいいです」

即答すると、亜紀は視線をそらして耳をまっ赤に染めあげる。落ち着かない様子でもじもじする仕草が、いっそうかわいらしい。そんな亜紀を見ている浩介も、顔が熱くなるのを感じていた。

「お姉さんたちと浩介さんは……」

ささやくような声だった。

亜紀は上目遣《うわめづか》いに浩介を見つめて、またすぐに視線をそらす。そんな愛らしい姿を見ていると、抱きしめたい衝動が湧きあがった。

「もう、確かめたのでしょうか？」

「確かめるって、なにをです？」

「だから、その……香奈姉さんに聞いたのですが、結婚するには身体の相性が大切だと……」

きっと香奈は自分と同じ失敗を妹にさせたくなかったのだろう。身体の相性の大切さを亜紀に説《と》いたらしい。

（でも、亜紀さんと確かめるわけには……）

浩介は思わず心のなかでつぶやいた。

香奈は大人の女性だからわかるが、亜紀は経験が少なそうだ。結婚前に身体の相性を確かめるのは、さすがに無理がある気がした。

「紗弥姉さんとも確かめたのですか？」

「そ、それは……」

昨夜の激しい行為が脳裏に浮かび、つい言いよどんでしまう。

失敗したと思うがどうにもならない。これでは紗弥とセックスしたと言っているようなものだった。

「わたし、もう子供ではありません」

亜紀の声には決意がこもっていた。

こちらの気持ちが伝わったのかもしれない。羞恥で顔を赤くしながら、震える指で服を脱ぎはじめる。

「ま、待ってください」

慌ててとめようとするが、亜紀は聞く耳を持たない。頭からセーターを抜き、スカートとストッキングもおろしていく。

「わたしとも相性を確かめてください」

亜紀は純白のブラジャーとパンティだけになり、ベッドで仰向けになる。

顔をまっ赤に染めているが、両手はまっすぐおろして身体の両脇につけていた。下着をつけているとはいえ、羞恥に灼《や》かれているはずだ。それでも、白くてなめらかな肌を隠すことなくさらしていた。

ふたりの姉は肉感的だが、亜紀はスレンダー体型だ。そんなところも、初心《うぶ》な感じがして好感が持てた。

4

「あ、亜紀さん……本気なんですね」

浩介も決意を固める。

女性にここまでさせたら断れない。恥をかかせるわけにはいかず、浩介も服を脱いでボクサーブリーフ一枚になった。

亜紀は目を強く閉じて、微かに震えながら、じっとしている。

香奈や紗弥のように、自分から迫ってくることはない。あくまでも受け身なところに初々《ういうい》しさを感じる。興奮すると同時に守ってあげたいと思う。やさしく抱いてあげたくて、浩介は静かに添い寝の体勢を取った。

この島に来るまでは、久しくセックスから遠ざかっていた。だが、香奈と紗弥のふたりと激しいプレイを体験したことで、多少なりとも自信がついている。経験の少なそうな亜紀なら、なんとかリードできるのではないか。

（俺が、しっかりしないと……）

意を決して右手を伸ばすと、ブラジャーの上から乳房にそっと重ねる。軽く触れただけだが、亜紀は身体をピクッと震わせた。

「ンっ……」

小さな声を漏らして身を固くする。

そんな反応がかわいくて、牡の欲望が急激にふくらんだ。ブラジャーごしに乳房を揉んでみる。ところが、カップが邪魔でもどかしい。柔肉に直接触れたくて、両手を背中とシーツの隙間に滑りこませるとホックを外した。

ブラジャーをずらせば張りのある双つの乳房が露《あらわ》になる。

香奈や紗弥と比べれば小ぶりだが、ちょうど片手で収まる適度なサイズだ。肌の白さとなめらかさは負けていない。ふくらみの頂点には、淡いピンクの乳首がちょこんと載っていた。

「は、恥ずかしいです」

ブラジャーを完全に取り去ると、亜紀は両手で乳房を覆い隠してしまう。

そんな仕草がかわいくて、ペニスがズクリッと疼く。血液がどんどん流れこむのがわかり、瞬《また》く間にふくらんでいく。ボクサーブリーフの前がテントを張り、グレーの布地に我慢汁の黒っぽい染みがひろがった。

「隠さないでください」

亜紀の手をつかんで引き剝《は》がす。

露になった乳房をそっと揉みあげれば、スレンダーな女体が微かにくねる。浩介は貴重品を扱うように、あくまでもやさしく指先を沈みこませた。

（おおっ、すごい弾力だ）

思わず心のなかで唸った。

瑞々《みずみず》しい乳房は、柔らかいのに指をしっかり押し返してくる。表面上は熟れた果実のようだが、奥のほうにはまだ青さが感じられた。

「ンっ……ンっ……」

指がめりこむたび、亜紀の唇から小さな声が溢れ出す。

そういう遠慮がちな反応が、牡の欲望をビンビンに刺激する。はやる気持ちを懸命に抑えて、両手でゆったり乳房を揉みつづける。そうしながら、指先を徐々に頂点へと滑らせていく。

「あンっ……」

ついに乳首を摘まみあげれば、亜紀の唇が半開きになる。眉を困ったような八の字に歪めて、女体がたまらなそうに仰け反った。

（やっぱり乳首が感じるんだな）

敏感な反応を確かめると、両手で双つの乳首をやさしく転がす。すると、柔らかかった突起が、ピンク色を濃くしてふくらんだ。

「そ、そこは……はンンっ、弱いんです」

亜紀が泣きそうな顔で訴える。

そんなかわいらしい顔をされると、もっと感じさせたくなってしまう。屹立した乳首を指先で転がしつづけて、さらには顔を近づけると唇をかぶせた。

「ああっ」

甘い声がログハウスの寝室に響きわたる。

口に含んだ乳首に舌を這わせていく。唾液をたっぷり塗りつけては、チュウチュウと吸いあげることをくり返す。すると乳首はますます硬くなり、女体も小刻みに震えはじめた。

「あっ……あっ……」

亜紀は控えめな喘ぎ声を漏らして身をよじる。

反応することが恥ずかしいのか、亜紀は浩介と目を合わせようとしない。睫毛《まつげ》を伏せて、片手で自分の口をふさいでいた。

浩介は双つの乳首をじっくり愛撫しながら、くびれた腰や太腿を撫でまわす。亜紀は内腿をぴったり閉じて、腰をしきりにモジモジさせている。じっくりした愛撫で性感が蕩《とろ》けてきたのかもしれない。

（そろそろ頃合いかな……）

浩介は右手を彼女の太腿の隙間に滑りこませた。そして、柔らかい内腿を撫でながら、股間へと近づけていく。

「ま、待ってください……」

亜紀が困惑の声を漏らした。

拒絶するように内腿を強く閉じるが、手で振り払ったりはしない。恥ずかしがっているだけで、本気でいやがっているわけではないようだ。

だから、浩介は遠慮なく愛撫できる。内腿の隙間をじわじわ進み、やがて指先がパンティに包まれた股間に到達した。とたんにクチュッという音が響き、指先に確かな湿り気が伝わってきた。

（ぬ、濡れてる……）

一瞬でテンションがあがり、ボクサーブリーフのなかでペニスが跳ねる。

これは愛蜜に間違いない。亜紀は時間をかけた愛撫で感じていたのだ。パンティの船底は、大量の愛蜜でぐっしょり濡れていた。

「あぁっ、い、いやです」

亜紀は慌てて身をよじるが、内腿で浩介の手をしっかり挟んでいる。

おそらく反射的に口走っただけだ。本当にいやなら手でつかんで引き抜くこともできるが、そうする気配は微塵もなかった。

「亜紀さんも感じてくれてるんですね」

指先をそっと動かして、パンティの船底を撫であげる。ちょうど陰唇があるあたりで、布地はヌルヌルになっていた。

「あっ、そ、そこは……あぁンっ」

亜紀の声が少しずつ大きくなっていく。

股間は充分濡れている。この様子なら、そろそろいけるのではないか。内腿から手を引き抜くと、パンティのウエスト部分に指をかけた。

最後の一枚をゆっくり引きさげる。亜紀は顔を横に向けるが、やはり抵抗することはない。だから遠慮することなくパンティをじりじりと滑らせて、ついには左右のつま先から抜き取った。

「み、見ないでください……」

そう言いつつ、亜紀は両手をだらりと垂らして身体を隠そうとしない。

恥丘に生えている陰毛はごくわずかで、白い地肌が透けている。縦に走る溝もはっきりわかり、自然と視線が吸い寄せられた。

(俺も、もう……)

さすがに興奮を抑えられなくなってきた。

先ほどからペニスはこれでもかと勃起しており、大量の我慢汁が滾々と溢れつづけている。ボクサーブリーフの裏側はひどい状態で、少し腰を動かすだけでペニスがヌルリッと滑った。

浩介もボクサーブリーフを脱ぎ捨てて裸になる。押さえを失ったペニスが勢いよく跳ねあがり、濃厚な牡の匂いがひろがった。

「亜紀さん……いいですよね」

彼女の膝に手をかけると、左右に押し開いていく。すると白い内腿の中心部に、ミルキーピンクの陰唇が現れた。

「ああっ……」

亜紀は両手で顔を覆うが、下肢はM字形に開いている。女陰を剝き出しにしたまま、赤く染まった顔を隠していた。

(これが亜紀さんの……なんて、きれいなんだ)

感動と興奮が同時に湧きあがる。

若いからなのか、それとも経験が少ないからなのか、陰唇は形崩れがまったく見られない。色素沈着もないため、艶々《つやつや》と輝いている。女陰を目にして、これほど美しいと思ったのははじめてだ。

二枚の陰唇の隙間から、透明な汁がじわじわと滲んでいる。もしかしたら、視線を感じて濡らしているのかもしれない。

(挿《い》れたい……早くぶちこみたい)

浩介のなかで欲望がふくれあがる。

いきり勃《た》ったペニスの先端を、濡れそぼった割れ目に押し当てた。内腿がピクッと反応するが、亜紀はまったく抵抗しない。そのまま少しずつ力をこめて、亀頭を膣口に沈みこませた。

「あッ、は、入ってくる……あああッ」

顔を覆っていた両手を離すと、亜紀は喘ぎ声を響かせる。膣はしっかり太幹を食いしめて、ヒクヒクと小刻みに痙攣していた。

「ううッ……ゆっくり挿れますよ」

彼女は経験が浅い可能性がある。浩介は慎重にペニスを押し進めて、ついには根元まで挿入した。

「ううッ……全部、入りましたよ」

正常位でしっかりつながった。

熱い女壺のうねる感触がたまらない。思いきりピストンしたいところだが、まずはペニスと膣をなじませたほうがいいだろう。とりあえず動きをとめて、彼女の様子をうかがった。

「ああンッ……こ、浩介さん」

亜紀は両手を伸ばして、浩介の腰に添えている。愛らしい顔は赤く染まり、微かに呼吸が荒くなっていた。

「だ、大丈夫ですか？」

気遣って声をかけると、亜紀は瞳を潤ませながらこっくりうなずく。

もしかしたら、無理をしているのかもしれない。ペニスの圧迫感に苦しんではいないだろうか。しかし、亜紀はつらそうな顔をいっさい見せなかった。

（なんて健気《けなげ》なんだ……）

心の底から愛《いと》おしさがこみあげる。

香奈と紗弥が積極的すぎたため、亜紀の清純さがよけいに際立つ。大切に扱ってあげたいと心から思う。

亜紀と結婚すれば、うまくやっていけるのではないか。このログハウスで暮らせたら、幸せになれそうな気がする。本当に三姉妹のなかからひとり選ぶとしたら、亜紀しか考えられなかった。

「動いてください……」

亜紀が小声でつぶやいた。

浩介が我慢しているのと思ったのではないか。そんな気遣いもうれしくて、ゆっくり腰を振りはじめた。

「苦しかったら言ってください……ううぅッ」

ほんの少し動かすだけで強い快感が湧きあがる。膣内は思いのほか濡れており、ペニスがヌルヌルと簡単にスライドした。

「あッ……あッ……」

亜紀の唇から切れぎれの喘ぎ声が溢れ出す。

ペニスの動きに合わせて、腰も左右に揺れていた。じっとしている間に、膣がなじんだのかもしれない。しっかり感じてくれているのがうれしかった。

「少し速くしますよ……くううッ」

徐々にピストンスピードをあげていく。愛蜜の弾ける音がして、女壺がウネウネとうねりはじめた。

「は、激しいっ、あああッ」

亜紀の喘ぎ声が大きくなる。浩介の腰に添えている手に力が入り、爪が皮膚に食いこんだ。

「くッ……」

その痛みさえ、この状況だと興奮を煽《あお》る材料になる。腰の動きが速くなり、ペニスを力強く出し入れした。

「あぁッ……あぁッ……」

亜紀の腰もピストンに合わせて微かに揺れる。感じていることがわかるから、浩介の快感もどんどん大きくなっていく。

「くおおッ、あ、亜紀さんっ」

射精欲が生じて、もう抑えることはできない。最後の瞬間に向かって腰を振り、ペニスを勢いよく出し入れする。

「はあぁッ、い、いいっ、気持ちいいですっ」

ついに亜紀も手放しで喘ぎ出す。その声に勇気をもらって、浩介は全力で腰を振りまくった。

「おおおッ……おおおおッ」

「あぁッ、いいっ、いいですっ」

ふたりの声が交錯して、まっ昼間の寝室に響きわたる。華蜜の弾ける音も、淫らな気分を盛りあげる。快感が快感を呼び、射精欲が爆発的にふくれあがった。

「も、もうっ、おおおッ、で、出るっ、くおおおおおおッ！」

腰を思いきり打ちつけて、ペニスを根元までたたきこむ。直後に精液が尿道を駆けくだり、亀頭の先端から凄まじい勢いで噴き出した。

「おおおッ、おおおおおおッ！」

熱い媚肉が収縮して、太幹を四方八方から絞りあげる。蕩けそうな愉悦が全身にひろがり、雄叫びを轟かせながら射精した。

「い、いいっ、気持ちいいですっ、ああああああああッ！」

亜紀も歓喜の声をあげて、スレンダーな裸体を仰け反らせる。全身が痙攣しているのは、絶頂に達した証拠だろう。浩介の身体に両手両足を巻きつけて、媚肉でペニスを思いきり締めつけた。

ふたりはきつく抱き合い、目も眩《くら》むような絶頂を貪った。

快楽の頂点は長くつづいて、なかなか降りることができないほどだった。それだけ、ふたりの相性がいいということかもしれなかった。

ペニスを引き抜いて、亜紀の隣に横たわる。

しばらくじっとしていると、全力疾走したあとのように乱れていた呼吸が、ようやく整ってきた。

5

（亜紀さんとなら……）

結婚しても、きっとうまくやっていける気がした。

浩介の気持ちは固まった。だが、亜紀はどう思っているのだろうか。結婚するとなると、ふたりの気持ちが一致することが重要だ。

「あの、亜紀さん――」

あらたまって話しかけようとしたとき、どこかでカタッという音がした。

「えっ？」

浩介は慌てて上半身を起こすと、周囲に視線をめぐらせる。しかし、なにも変わったところはなかった。

「どうかしましたか？」

横たわったままの亜紀が気だるげに尋ねる。

「今、ヘンな音がしましたよね」

「そうですか？」

亜紀はまったく気にしていない。

大きな音だったと思うが、聞こえなかったのだろうか。まだ絶頂の余韻のなかにいて、呆《ほう》けていたのかもしれない。

(でも、なにか聞こえたような……)

万が一、泥棒だったら大変だ。浩介は警戒して耳をそばだてた。

再びガタッという音が聞こえた。先ほどよりも大きな音だ。すかさず、音がした方向に視線を向ける。すると、クローゼットが目に入った。

「なにかペットとか飼っていますか？」

念のため確認する。

猫か犬でもいるなら、いたずらをして音を立てたのかもしれない。しかし、なにも飼っていないのなら、侵入者の可能性もある。

「いえ、なにも……」

亜紀が答える。

二度目の音は大きかった。絶対に聞こえたはずだ。それなのに、亜紀は驚いたり焦ったりしている様子がなかった。

「さっきの音、聞こえましたよね？」

浩介が尋ねると、亜紀は不思議そうな顔をする。

なにかがおかしい。あの音が聞こえないはずがない。それなのに、亜紀は首を左右に小さく振った。

「なにも聞こえませんでしたけど」

「そんなはず……」

浩介は再びクローゼットに視線を向けた。

確認したほうがいい。そう思うが、恐怖が湧きあがって身動きできない。それでも勇気を振り絞って立ちあがろうとする。

「ふふっ……」

そのとき、亜紀が含み笑いを漏らした。

右手で口もとを覆いながら、こらえきれないといった感じで肩を小刻みに震わせている。しかも、笑い声がどんどん大きくなっていく。

「なにがおかしいんですか？」

浩介は思わず眉根を寄せる。この状況でどうして笑えるのか、彼女の心境がまったく理解できない。

「ごめんなさい、つい……浩介さんが、すごく怖い顔をしてたから……ふふふっ」

亜紀はまだ笑っている。

わけがわからず苛立《いらだ》ちがこみあげるが、奥歯を食いしばって抑えこむ。そして、彼女の目をまっすぐ見つめた。

「どうして笑っているんですか？」

「バレてしまったものは仕方がないですね」

亜紀は上半身を起こすと、全裸のままベッドに腰かける。そして、クローゼットに視線を向けた。

「次郎《じろう》くん、出てきていいわよ」

微笑を浮かべながら声をかける。

まさかと思うが、誰かがいるのだろうか。浩介は不安と恐怖にまみれながら、クローゼットに視線を向けた。

しばらくすると、クローゼットの扉が開いて、若い男が気まずそうに現れる。うつむいているのではっきり見えないが、おとなしそうな顔をした男だ。二十歳《はたち》くらいだろうか。ジーパンにダンガリーシャツという服装で、緊張しているのか暑かったのか、髪まで濡れるほど汗だくだった。

「だ、誰だ？」

思わず身構えて問いただすが、男はうつむいたまま黙りこんでいる。クローゼットの前に立ちつくして、動こうとしなかった。

「誰なんです？」

今度は亜紀に向かって質問する。先ほど「次郎くん」と呼びかけていた。彼女の知り合いなのは間違いない。

「もしかして、亜紀さんの彼氏ですか？」

「違います。彼氏はいないって言いましたよね」

亜紀は口もとに笑みを浮かべて答えた。

この状況が楽しくて仕方ないといった感じで、瞳をキラキラと輝かせている。これまでとは、明らかに雰囲気が変わっていた。

「まったくわかりません。説明してください」

つい口調が荒くなってしまう。

次郎という男が何者で、いつからそこにいたのか。わけがわからないが、自分たちのセックスをのぞき見されていたのは間違いない。それを考えると、怒りが沸々とこみあげた。

「そんなに怖い顔しないでください。次郎くんは職場の後輩です」

亜紀はさらりと答えるが、それでは説明になっていない。

「どうして、職場の後輩がここにいるんですか」

「おつき合いしているわけではないので、ご安心ください」

「そんなことは聞いていません。彼はなにをやっていたんですか」

声がどんどん大きくなってしまう。亜紀が冷静なのが、よけいに浩介の怒りを増幅させた。

「わたし、人に見られてると、すごく感じるんです」

衝撃的な告白だった。亜紀は穏やかな声でさらりと語った。

「クローゼットの隙間から次郎くんが見ていると思うと、それだけで濡れちゃいました」

「ま、まさか、そんな……」

浩介は激しいショックを受けていた。

本気で結婚を考えたのに、亜紀は特殊な性癖の持ち主だった。清純な女性だと思ったのは勘違いだった。自分の愛撫で感じてくれたのではなく、実際は次郎の視線に興奮していたのだ。

「そいつは、亜紀さんのセックスフレンドってやつですか」

勝手に勘違いしただけだが、騙されたようで腹立たしい。やさぐれついでに質問すると、亜紀は呆れたような顔をした。

「なに言ってるんですか、そんなのじゃないですよ」

「でも、関係はあるんですよね？」

「一度もありません。次郎くんはわたしのファンですけど、わたしはなんとも思っていませんから」

きっと本当のことなのだろう。亜紀がきっぱり言いきっても、次郎はうつむいたまま立ちつくしている。本人もわかっているらしく、亜紀の言葉にショックを受けた様子はなかった。

6

「そんなことより……」

亜紀はベッドにあがると、妖しげな笑みを浮かべて浩介を見つめた。

「ちょっと立ってもらえますか」

「立つって、ここで？」

思わず聞き返すと、彼女はこっくりうなずいた。

不思議に思いながらベッドの上で立ちあがる。すると、亜紀はすぐ目の前で正座をして、両手をペニスの両脇に添えた。

「次郎くん、見ててね」

亜紀が声をかけると、立ちつくしていた次郎が顔をあげる。そして、上目遣いにこちらを見つめた。

(なんだよ、あいつ……)

顔が見えた瞬間、背すじがゾクッと寒くなった。

おとなしそうなのに、目だけが異常にギラついている。呼吸を乱しながら、ジーパンの上から自分の股間を撫でていた。

「ああっ、すごい見てる……」

亜紀はため息まじりにつぶやき、浩介のペニスに顔を寄せる。そして、萎《な》えているペニスに舌を這わせた。

「ううッ」

亀頭の裏側を舐めあげられて、思わず小さな声が漏れてしまう。舌先が軽く触れただけだが、鮮烈な刺激がひろがった。

「な、なにを……」

「オチ×チンを舐めてるんです」

亜紀はそう言って、次郎をチラリと見やる。

彼にわざと聞こえるように言っているのかもしれない。そうやって煽ることで、次郎の視線にますます熱がこもった。

「もっと舐めてあげますね……ンンっ」

ピンク色の舌先を伸ばして、ペニスの裏スジをゆっくり舐めあげる。股間に潜りこむような感じで、根元から先端に向かって舌先を動かしていく。

「ちょ、ちょっと……ううッ」

唾液のぬめる感じが心地いい。くすぐったさをともなう快感が生じて、萎えていたペニスがふくらみはじめた。

「硬くなってきましたよ」

亜紀は上目遣いに言うと、亀頭をヌメヌメと舐めまわす。唾液をたっぷり塗りつけられて、いよいよ完全に張りつめた。

「大きいです……はむンっ」

ついに亜紀の唇が、ペニスの先端に覆いかぶさる。亀頭をぱっくり咥えこみ、柔らかい唇でカリ首を締めつけた。

「ううッ……あ、亜紀さんっ」

浩介は仁王立ちした状態で、正座した亜紀にペニスをしゃぶられている。口内で亀頭を舐めまわされて、蕩けるような快楽がひろがっていく。舌先で尿道口をくすぐられると、腰にぶるるっと震えが走り抜けた。

「くううッ、す、すごい……」

「はむっ……あふンンっ」

亜紀は顔を押しつけるようにして、ペニスをどんどん呑みこんでいく。

柔らかい唇が、太幹の表面を滑っている。溢れ出した我慢汁と彼女の唾液がミックスされて、肉棒全体に塗り伸ばされていくのが気持ちいい。ヌルリッ、ヌルリッと滑る感触に陶然となった。

「あ、亜紀さんが、俺の……ううッ」

己の股間を見おろせば、亜紀が太幹を口に含んでいる。愛らしい顔で唇を大きく開き、グロテスクなペニスを咥えているのだ。

しかも、その光景を次郎がじっと見つめている。呼吸を乱して自分の股間を擦りながら、ギラつく目をこちらに向けていた。

次郎は亜紀のことが好きらしい。しかし、好きな女は自分以外のペニスをしゃぶっている。その光景をどんな気持ちで見ているのだろうか。ジーパンの前がふくらんでいるということは、倒錯的な興奮を覚えているに違いない。

「ああっ、見られている」

亜紀はいったんペニスを吐き出すと、昂った声でつぶやく。そして、再び深く咥えこみ、頭を前後に振りはじめた。

「ンっ……ンっ……」

「そ、そんなに激しくされたら……」

浩介の興奮も高まっている。この異常な状況に流されて、これまでにない昂りを覚えていた。

「わたし、もう……欲しいです」

亜紀がペニスから唇を離して、ベッドの上で四つん這いになる。頭を次郎のほうに向けると、肘までシーツにつけて尻を高く掲げた。

「うしろから、お願いします」

濡れた瞳で振り返って懇願する。

次郎に見られながら貫かれたいらしい。くびれた腰をくねらせて、早く挿入してくれと焦れていた。

（ここまで来たら……）

浩介も挿入したくてたまらなくなっていた。

彼女の背後にまわりこむと、膝立ちの姿勢になる。両手で尻たぶをつかみ、臀裂を割り開いた。

（また、こんなに濡らして……）

陰唇が大量の愛蜜で濡れている。

フェラチオするところを次郎に見られて興奮したのだ。そして、今度はセックスするところを見せつけようとしていた。

「挿れますよ」

亀頭を陰唇に押し当てると、そのまま体重を浴びせかける。先端がヌプッと沈みこんだと思ったら、いとも簡単に根元までつながった。

「はあああッ、い、いいっ！」

亜紀の頭が跳ねあがり、歓喜の声がほとばしる。両手でシーツを強くつかみ、四つん這いの身体を小刻みに震わせた。

もしかしたら、挿入しただけで軽い絶頂に達したのかもしれない。先ほどは次郎の姿が見えなかったが、今はすぐ目の前にいる。視線を強く意識することで、より激しく高まったのではないか。

（そんなに見られるのが好きなのか……）

浩介はくびれた腰をつかむと、ピストンを開始する。ペニスをグイグイと出し入れして、カリで膣壁を擦りはじめた。

「ああッ、お、大きいっ、あああッ」

亜紀はすぐに喘ぎ出す。またしても頭が跳ねあがり、浩介の腰振りに合わせて、自分も尻を前後に揺らしていた。

次郎はいつしかジーパンとボクサーブリーフをさげると、勃起したペニスを剥き出しにしている。亜紀がセックスしている姿を見て、我慢できなくなったらしい。荒い息をまき散らしながら、右手で太幹をしごいていた。

「じ、次郎くん……ああッ、はあああッ」

そんな次郎の姿を目にしたことで、亜紀はさらに高まっていく。膣がウネウネと波打ち、ペニスを締めつけていた。

「ううッ、あ、亜紀さんっ、くうううッ」

自然と浩介のピストンも速くなる。

出張で島に来なければ、こんなことは一生経験しなかったかもしれない。普通ではない状況が、全身の血液が沸騰するような興奮を生み出している。頭のなかがまっ赤に燃えあがり、獣のように唸りながら腰を振りつづけた。

「おおおおッ……ぬおおおおおッ」

「は、激しいですっ、ああッ、あああッ」

亜紀の喘ぎ声も甲高くなる。絶頂が迫っているのかもしれない。女壺が猛烈に締まり、汗ばんだ背中がググッと反り返った。

「も、もうダメっ、はあああッ」

「お、俺も、くおおおッ」

ふたりは息を合わせて腰を振り、最後の瞬間に向けて高まっていく。浩介が勢いよく腰をぶつけると、亜紀の尻がパンッ、パンッと肉打ちの音を響かせる。そこにふたりの声が重なり、寝室の空気が淫靡に染まった。

「あああッ、い、いいっ、もうイキそうですっ」

亜紀が叫ぶように訴えた直後、女体がガクガクと震えはじめた。

「はあああッ、ダ、ダメっ、イクッ、イクイクッ、あぁあああああッ！」

ついに艶めかしい喘ぎ声を振りまき、亜紀がアクメの急坂を駆けあがる。達するときの顔を次郎に見せつけて、全身をガクガクと震わせた。

「おおおおッ、で、出るっ、くおおおおおおッ！」

直後に浩介もザーメンを噴きあげる。ペニスを思いきり突きこみ、膣の奥深くで欲望を解き放った。

うねる媚肉に締めつけられて、硬くみなぎった太幹が脈動する。熱い膣壁に包まれながらの射精は、この世のものとは思えない快楽だ。ペニスが蕩けそうな愉悦が全身へとひろがり、口の端からよだれを垂らしていた。

「ああッ、なかでドクドクって……はあああああッ！」

またしても亜紀が喘いで、四つん這いの姿勢からうつ伏せに倒れこむ。それでも浩介はペニスを抜かず、女体に折り重なった。

「い、いいっ、あああああッ」

「おおおおッ、まだ出るっ、ぬおおおおおおッ！」

自然と寝バックの状態になり、ペニスがさらに奥まで突き刺さる。異常な状況のなか、浩介は一滴残らず射精した。

「ううッ……」

次郎が小さな呻き声を漏らして前屈みになる。

立ったまま自分でペニスをしごき、ついには絶頂に達したのだ。二度、三度と噴き出した白濁液が、床の上に次々と飛び散った。

第四章　熟れ妻いじり

1

ノックの音が聞こえるが、浩介はどうしても起きることができなかった。

疲労が蓄積しており、体が鉛《なまり》のように重くなっている。しかし、起きられない原因は、それだけではなかった。確かにかつてないほど疲れがたまっているが、むしろ精神的なダメージのほうが深刻だった。

昨日、久我山家の三女、亜紀がログハウスに案内してくれた。

少し話をしただけで、彼女に好意を抱いた。なにより、亜紀はかわいくて、いっしょにいるだけで楽しく感じた。そして、結婚してもうまくやっていけるのでは思った。

(それなのに……)

無意識のうちに奥歯をギリッと強く噛んだ。

亜紀も異常な性癖の持ち主だった。一度目のセックスが終わった時点で、彼女はノーマルな女性だと思っていた。ところが、誰かに見られていると興奮するとは、香奈や紗弥よりも質《たち》が悪い。

もし亜紀と結婚しても、ふたりきりでは夜の生活で満足しないのであろう。セックスのたびに誰かを呼ぶなどあり得ない。いちばんまともだと思った亜紀が、いちばん癖の強い性癖を持っていた。

(どうしてだよ……)

ショックで打ちのめされている。亜紀のことを好きになりかけていただけに、落胆が大きかった。

「板倉さん、朝食のお時間ですよ」

ノックの音につづいて、襖越しに小百合の声が聞こえた。

「すみません、具合が悪くて……朝食はいらないです」

浩介は横になったまま返事をした。

申しわけないが、食事をする気分ではなかった。起きあがる気力もない。今はただ横になっていたかった。

「わかりました。なにかあったら、お申しつけください」

再び小百合の声が聞こえて、足音が遠ざかっていく。静寂がひろがり、浩介は大きく息を吐き出した。

(俺、なにやってるんだろ……)

島の滞在期間は今日と明日の二日しかない。

明日の夕方に出航する連絡船に乗り、本州に渡る予定だ。つまり交渉にあてられる時間は、実質一日半しか残されていないのだ。

それなのに、布団からも出られない状態になっている。今すぐ当主の美智代に会うべきなのはわかっているが、うまく交渉を進める自信がない。三姉妹のなかから誰を選ぶのか、必ず聞かれるはずだ。

(そのとき、俺は……)

どう答えればいいのだろうか。

三姉妹の誰を選んでも、結婚生活がうまくいくとは思えない。身も心も持たず、ボロボロになるのは目に見えていた。

だからといって結婚を断れば、プロジェクトは頓挫《とんざ》してしまう。美智代はまともに話もしてくれないので、交渉はまったく進んでいない。浩介はなにもできず、東京本社に戻ることになる。

(それはまずい……)

考えると胃が痛くなり、思わず布団のなかで胎児のようにまるまった。

大勢の人がかかわっている失敗の許されないプロジェクトだ。せめて交渉の糸口だけでもつかんでおきたい。それには三姉妹のなかから結婚相手を選ぶ必要がある。それが美智代の提示した交換条件だ。

（でも……）

思考は迷宮に入りこみ、永遠に答えが出ないのではないかと感じてしまう。

誰かを選ばなければ、美智代は決して交渉に応じない。浩介の気持ちが決まらなければ、久我山家に行く意味はなかった。

2

「板倉さん、お体の具合はいかがですか」

襖越しに小百合の声が聞こえて、はっと目が覚めた。

悩んでいるうちに、いつの間にか眠ってしまったらしい。枕もとに置いてあるスマホで時間を確認すると、昼の十二時をまわっていた。

（出張中なのに、二度寝とは……）

胸のうちで自嘲的につぶやいた。

体をゆっくり起こすと、腹がグウッと鳴った。昨夜も食欲がなくて、ほとんど食べていない。さすがに腹が減っていた。

「よろしければ、食事をお持ちしますよ」

再び小百合のやさしげな声が聞こえる。今朝、具合が悪いなどと言ったので、よけいな心配をかけてしまったようだ。

「すみません。それでは、お願いできますか」

ここはお言葉に甘えておいたほうがいいだろう。

美智代にどう答えるかは決まっていないが、たっぷり寝たことで気分的に少し楽になっている。なにか食べて、体力を回復しておきたかった。

「かしこまりました。少々お待ちください」

小百合が立ち去る気配がして、静寂がひろがる。

この時間、民宿に残っている者はほとんどいないだろう。釣り客が中心なので、出かけているに違いない。

(それなのに、俺は……)

仕事もせずに布団のなかで燻《くすぶ》っている。

とにかく、布団から出るべきだ。起きあがってカーテンを開けると、遠くに山が見えた。プロジェクトが成功すれば、あの山の一角に温泉リゾートが建設される。それが実現するかどうかは、浩介の肩にかかっていた。

(やっぱり無理だよ。俺には荷が重すぎる……)

心のなかでつぶやいて肩を落とす。その直後、ノックの音が聞こえて、襖を振り返った。

「お食事をお持ちしました」

小百合の声だ。思っていたよりも早かった。

「あっ……は、はい」

返事をしながら、慌てて乱れている浴衣を直す。帯が緩んでおり、胸もとが大きくはだけていた。

「失礼いたします」

襖が開けられて、割烹着姿の小百合が入ってくる。浩介が浴衣を直しているのを見て、くすりと笑った。

「そんなにきっちりしなくても大丈夫ですよ。ウチは気楽な民宿ですから」

小百合は手にしたトレーを置いて、座卓に料理を並べはじめた。

「すみません。ついさっきまで寝ていたものですから」

ばつが悪いが、取り繕ったところで仕方がない。浩介は小さく息を吐き出して、座卓の前に腰をおろした。

「具合が悪いと聞いたので、おかゆにしておきました」

煮魚、味噌汁、漬物、おかゆが並べられていく。子供のころ、風邪を引いて熱が出たときの食事が思い浮かんだ。

「お気遣い、ありがとうございます」

「困ったときはお互いさまですから。なにかあったときは、遠慮せずに言ってくださいね」

小百合のやさしさがうれしくて、心がほっこり温かくなった。

「お仕事が大変なのですか？」

「え、ええ、まあ……」

図星を指されて苦笑が漏れる。箸《はし》を手にして食べはじめるが、小百合はまだ隣で正座をしていた。

「お疲れでしたら、温泉に浸かってゆっくりされてはいかがでしょうか。昼間も入れますよ」

「そうですね……思いきって、今日は休みにします」

浩介は少し考えてから、力強くうなずいた。

どうせ久我山家に行かないのなら、くよくよ悩んでいても仕方がない。ゆっくり休んだほうがリフレッシュできて、妙案が浮かぶのではないか。そして、最終日の明日に備えたほうが、いい結果が出る気がした。

「食器はトレーに載せて、廊下に出しておいてください」

小百合はそう言って、部屋から出ていった。

やさしげな笑顔が魅力的な女性だ。小百合と言葉を交わしたおかげで、少し気分転換ができた。

昼食を摂ったあと、浩介は温泉にゆっくり浸かった。

ほかの客は出かけているらしく、貸し切り状態だったため、何度も出たり入ったりできた。汗をたっぷりかいたことで、頭がすっきりした。

部屋に戻って一服しながら考える。

どう考えても三姉妹とは結婚はできない。そもそも知り合ってからの時間が短すぎる。仮に彼女たちの性癖に問題がなかったとしても、互いのことをよく知らないままでは結論を出せなかっただろう。

(やっぱり、最初から無理があったんだ)

今なら冷静に考えることができる。

美智代が交換条件を出したとき、結婚などあり得ないと思った。しかし、三姉妹があまりにも美人だったため、舞いあがってしまった。しかも、全員とセックスしたことで、なおさら誰かを選ばなければという思いに囚《とら》われた。

じっくり考えたすえ、断ることに決めた。

とはいえ、プロジェクトをここで終わらせるわけにはいかない。浩介が交渉を成立させることはできなくても、ほかの者がアタックするはずだ。そのため、断り方が重要になる。先方に悪い印象を与えたくなかった。

夕方になり、一階の食堂に向かう。すると、小百合が晩ご飯の準備をしていた。

「あら、元気になったみたいですね」

「わかりますか?」

どうやら、心が決まったことで顔色がよくなったらしい。実際、朝とは比べものにならないくらい元気になっていた。

「すっかりよくなりました」

「それはよかったです」

小百合はにこにこしながら、トレーにおかずを載せている。今夜のメニューも特産品の魚介類を使った料理だ。

「明日の朝、予定どおりにチェックアウトします。その後、島で仕事をしてから、東京に帰る予定です」

そう告げると、小百合の顔から笑みが消えた。

「本当に帰ってしまうのですか」

意外な言葉だった。最初から一週間という予定だったが、いったいどうしたというのだろうか。

「予約のときに、そう言ったはずですけど……」

「そうですよね。ごめんなさい、ヘンなこと言って」

小百合はすぐに気を取り直したように笑みを浮かべる。しかし、どこか淋しげな感じがするのは気のせいだろうか。

そのあとは、ほかの宿泊客たちがやってきたこともあり、とくに言葉は交わさなかった。

浩介は食事を終えると部屋に戻り、明日に備えて早めに横になった。

3

深夜、浩介はふと目を覚ました。

電気を消してまっ暗にして寝たはずなのに、なぜか豆球が点いている。オレンジ色のぼんやりした光が降り注いでいた。

(おかしいな……)

疑問に思うが、自分の勘違いかもしれない。

消したつもりが、豆球になっていただけだろう。それほど気にすることなく、再び目を閉じた。

「うっ……」

下腹部に甘い刺激がひろがり、小さな声が漏れる。

（なんか、おかしいな……）

豆球が点いていることだけではない。

寝ぼけながらも異変を感じる。浩介はいったん閉じた目を開いて、自分の下半身に視線を向けた。

「なっ……」

その瞬間、大声をあげそうになり、ギリギリのところでそれを呑みこんだ。

浴衣の前がはだけて、ボクサーブリーフが奪われている。なぜかペニスが剝き出しで、しかも脚の間に裸の女性がうずくまっていた。

その女性は両手をペニスの根元に添えて、先端をぱっくり咥えている。口のなかで亀頭に舌を這わせており、クチュッ、ニチュッという湿った音が響いていた。浩介はフェラチオされている刺激で目を覚ましたのだ。

「だ、誰？」

頰の筋肉をこわばらせながら声をかける。

亀頭をやさしく這いまわる舌から快感を送りこまれていて、恐怖が和らいでいた。

いつからしゃぶられていたのか、ペニスは完全に勃起している。とはいえ、この状況で快楽に流されることはない。

「ちょ、ちょっと、誰ですか」

浩介は抑えた声で再び尋ねた。

大声をあげなかったのは、三姉妹の誰かかもしれないと思ったからだ。浩介にこんなことをするのは、あの三人しかいない。もしかしたら、美智代に命じられて、やってきたのかもしれない。

「ううっ……」

またしても甘い刺激がひろがり、声が漏れてしまう。

女性はペニスの先端を咥えたまま、舌を器用に動かしている。亀頭は唾液まみれになっており、カリの裏側までぐっしょり濡れていた。

「ひ、人を呼びますよ」

浩介は語気を強めた。

三姉妹とは結婚しないと決めたのだ。こんなことをされても受け入れるつもりはない。大声をあげれば、きっと小百合が駆けつけるだろう。大事にしたくないが、最終的にはそうするしかなかった。

「いい加減にしないと――」

再度、忠告しようとしたとき、女性がペニスから唇を離して顔をあげた。

「えっ……お、女将さん？」

浩介は思わず声を震わせた。

脚の間にうずくまり、亀頭を舐めまわしていたのは小百合だった。まったく予想していなかったため、なおさら動揺してしまう。

「ど、どういうことですか？」

頭のなかが混乱している。既婚者の小百合が、どうしてこんなことをしているのだろうか。

「ごめんなさい……」

小百合は浩介の脚の間で正座をして、ぽつりとつぶやいた。

上半身を起こしたため、豊満な乳房がまる見えになる。豆球の光に照らされた双乳は、釣鐘形でたっぷりしており、曲線の頂点では紅色の乳首が揺れていた。揉みごたえのありそうな見事な乳房だ。

正座をしているため、陰唇を拝むことはできないが、恥丘に生えている陰毛は見えている。情の濃さを表すように、黒々として濃厚に茂っていた。

浩介は激しく動揺しながらも、ついつい女体を凝視してしまう。

全体的にむっちりして、むせ返るような色香が漂っている。小百合の熟れた女体には、一瞬で男を惹きつける魅力が溢れていた。

「旦那さんがいるのに、どうして……」

とにかく理由が知りたい。やさしくて気の利く女将が、こんなことをするとは思いもしなかった。

「じつは……」

小百合は顔をうつむかせて口を開いた。

「わたしたち夫婦は、その……夜のほうが、ずっとなくて……」

ひどく言いにくそうだ。

つまりはセックスレスということだろうか。そう言われてみると、旦那は青白い顔をしており線が細かった。

「夫は病弱なんです。もう何年も前から……」

小百合は逡巡しながら小さな声でつぶやいた。

どうやら、セックスレスが長くつづいているらしい。小百合は三十六歳の女盛りなので、熟れた身体を持てあましていたのだろう。

「こんなことは、いけないってわかっているんですけど……どうしても、我慢できなくて……ごめんなさい」

「わ、わかりましたから……もう謝らないでください」

事情を聞いていたら、かわいそうになってきた。驚きはしたが、不快な思いをしたわけではない。ことを荒立てる気はなかった。

「こういうことは、以前にも？」

「じつは……ときどき……」

小百合は申しわけなさげにつぶやいた。

「狭い島ですから、噂はすぐに広まってしまいます。だから、島の人と浮気をするわけにはいかなくて……」

それを聞いて納得する。

浮気をするなら、島の男ではないほうが都合がいい。浩介は明日、東京に帰る。後腐れがなく欲望を解消できると思ったのではないか。

「俺がちょうどよかったんですね」

「本当にごめんなさい……」

小百合は謝りながら、細い指をペニスにそっと巻きつけた。

「ちょ、ちょっと……」

甘い刺激がひろがり、思わず腰を震わせる。浩介は驚きを隠せないが、彼女の手を振り払うことはできなかった。

「まだ硬いままですね。今夜だけ、お願いできませんか？」

よほど欲望をためこんでいるのかもしれない。小百合は潤んだ瞳でつぶやくと、前屈みになってペニスを咥えこんだ。

「ううッ……い、いけません」

浩介は小さな呻き声を漏らすだけで、されるがままになっている。熱い口腔粘膜に包まれて、早くも蕩けるような快感がひろがっているのだ。この愉悦を拒絶するのはむずかしかった。

（そうだよな。今夜だけなら……）

一度くらいなら構わないのではないか。

そんな考えが脳裏に浮かぶ。旦那の存在は気になるが、夜這いをしかけてきたのは小百合のほうだ。そして、今も彼女のほうからペニスを咥えている。なにしろ後腐れがない一夜だけの関係だ。それを突き放す必要はない気がした。

「あふっ、大きい……はむンっ」

亀頭に唾液をたっぷり塗りつけると、貪るように首を振りはじめる。

唇が太幹の表面を滑り、同時に舌がからみつく。ジュルジュルという湿った音が響きわたり、快感の波が次々と押し寄せた。

「お、女将さん……ううッ」

浩介は布団の上に四肢を投げ出し、フェラチオされる快楽に酔っている。

小百合が人妻だということを忘れたわけではない。いや、人妻だとわかっているからこそ、なおさら興奮してしまう。同じ建物のなかに彼女の旦那がいると思うと、その背徳感にペニスはますます勃起した。

「こんなに硬くて大きいなんて……若いって素敵です」

小百合はいったん唇を離すと、そそり勃《た》った肉棒をうっとり見つめる。そして、舌を伸ばして、ソフトクリームのように舐めはじめた。

裏スジに舌先が這いまわる感触がたまらない。くすぐったさと快感がまざり合って押し寄せる。亀頭の先端から透明な汁がジクジク湧き出すと、小百合は躊躇《ちゅうちょ》することなく舌先で舐め取った。

「ああンっ、おいしい……若い男性の味がします」

小百合は潤んだ瞳でつぶやき、亀頭の先端に唇を押し当てた。

そのまま我慢汁をチュウチュウと吸い出しては、喉を鳴らして嚥下《えんげ》する。ときおり舌先で尿道口を刺激して、さらなる我慢汁の分泌をうながした。

「そ、そんな……ううウッ」

浩介は唸ることしかできない。

再び男根が小百合の口内に収まり、唇で太幹をしごかれる。根元まで呑みこまれたと思ったら、先端に向かってゆっくり移動していく。尿道にたまっている我慢汁を絞り出すような動きだ。

「くううッ」

「あンっ、もっとください」

小百合はねちっこく首を振りつづける。

若い汁を貪るようなフェラチオだ。どんなに我慢汁を飲んでも満足せず、執拗にペニスをしゃぶりまくる。さらには右手を陰嚢の下に差し入れると、ゆったり揉みはじめた。

「そ、そんなところまで……」

射精欲がこみあげて、浩介は慌てて尻の筋肉に力をこめる。

フェラチオされながら皺袋を揉まれるのが気持ちいい。双つの睾丸をやさしく転がされて、我慢汁がどんどん溢れる。それをさらに飲まれることで、小百合も浩介も高まっていく。

「あふっ……はむっ……あむンっ」

「おおッ、おおッ、す、すごいっ」

やさしくて気の利く女将が、一心不乱にペニスを舐めしゃぶっている。甘く鼻を鳴らしながら、首を猛烈に振っていた。

「は、激しくされると、ううッ、で、出ちゃいますっ」

懸命にこらえながら訴える。

これ以上されたら、口のなかで暴発してしまう。ところが、小百合は首振りのスピードを緩めるどころか、さらに加速させた。

「ンンッ……ンンッ……はンンッ」

「ぐおおおおッ」

浩介はとっさに全身の筋肉を力ませる。しかし、それでは抑えられない。射精欲は爆発的にふくれあがり、あっという間に限界を突破した。

「おおおおッ、で、出るっ、くおおおおおおおおッ！」

ついに雄叫びをあげて精液を噴きあげる。それと同時に小百合が頬をくぼませて吸茎した。

「あむううッ」

「き、気持ちいいっ、おおおおおおッ」

射精しているところを吸われて、ザーメンが高速で尿道を駆け抜ける。全身の毛が逆立つほどの快感がひろがり、たまらず股間を突きあげた。

「ま、まだ出るっ……おおおおおッ」

吸い出されることで、射精は延々とつづいてしまう。

小百合は口内に注がれる精液を、躊躇することなく飲んでいく。まるで味わうように睫毛を伏せて、一滴残らず嚥下した。

4

射精の発作がおさまっても、小百合はしばらくペニスをしゃぶっていた。尿道に残っている精液まで丁寧に吸い出すと、尿道口を舐め清める。そして、ようやくペニスから唇を離して顔をあげた。

「とっても濃くて、おいしかったです」

小百合は目の下を赤く染めている。精液を飲んだことで、より興奮したらしい。腰をモジモジさせて、内腿をしきりに擦り合わせていた。

「ああっ、板倉さん……」

射精した直後のペニスをつかみ、ゆったりと擦りあげる。萎えないように、絶妙な刺激を送りこんでいた。

「お、女将さん……も、もう、出ちゃいましたから……」

浩介がそう言っても、小百合は手を離そうとしなかった。

「でも、まだ硬いです」

「だ、だって、女将さんが……」

しごかれれば勃起してしまう。ペニスは硬度を保ったまま、先端から我慢汁を吹きこぼしている。

「もう、できませんか？」

小百合の声には、懇願するような響きが含まれていた。

勃起した男根を膣に迎え入れたいと思っている。逞しい肉棒でかきまわされたいと願っているのだ。

「で、できます……」

浩介はほとんど無意識のうちに答えていた。

射精したばかりなのに、興奮状態が持続している。この島に来て、三姉妹と激しいセックスを経験したことが関係しているのかもしれない。性欲が強くなり、勃起力があがった気がする。

(今度は、俺が……)

浩介は体を起こすと、小百合を押し倒した。

仰向けになった女体を見おろすと、勃起したままのペニスがピクッと跳ねる。これから人妻の女壺に挿《い》れると思うだけで、新たな興奮が湧きあがった。

「板倉さん……」

仰向けになった小百合は、期待に瞳を輝かせている。

自ら両膝を立てると、左右にゆっくり開いていく。M字開脚の状態になり、豆球の光が股間を照らし出した。

(こ、これが、女将さんの……)

陰唇は鮮やかな赤で、ぽってりしている。大量の愛蜜で濡れており、ドロドロの状態になっていた。

「ください……硬くて大きいの」

小百合は両手の指先を陰唇の両脇に添える。割れ目をぱっくりと開き、股間を突きあげてアピールした。

「お願いします。挿れてください」

女性にここまで言わせたら、挿れないわけにはいかない。

浩介は女体に覆いかぶさるなり、張りつめた亀頭を膣口に押し当てた。軽く触れただけでも、愛蜜の弾ける湿った音が響きわたる。そのままの勢いで、肉棒をズブズブと沈みこませた。

「はああッ、こ、これ……これが欲しかったの」

小百合の唇から歓喜の声がほとばしる。よほど欲していたのか、いきなり膣が収縮して、太幹を思いきり食いしめた。

「ううッ、すごく締まってますよ」

浩介は両手で小百合の腰をつかみ、ペニスをさらに押しこんでいく。

締めつけは強烈だが耐えられる。島に来てからの経験がものを言っている。短期間だが濃い時間を過ごして、ちょっとのことでは動じなくなっていた。

「あああッ、すごく大きいです」

ペニスを根元まで挿入すると、小百合の下腹部が艶めかしく波打った。

「こ、ここまで来てます……」

右手を自分の臍《へそ》の下に置き、驚いたような瞳で見あげる。そして、もっと動いてとばかりに腰をよじらせた。

「ああンっ、いじわるしないでください」

「じゃあ、動きますよ」

一度射精していることもあり、浩介はまだまだ余裕がある。

正常位で腰をゆっくり振りはじめる。ペニスを後退させると、亀頭が抜け落ちる寸前から再び根元まで押しこんだ。

「はあああッ、す、すごいです、大きいから擦れます」

少し動いただけで、小百合が喘ぎ声をあげる。その反応がうれしくて、徐々にピストンスピードをあげていく。

「ああッ、擦れてます、あああッ」

カリで膣壁を擦られるのが感じるらしい。小百合は甲高い声を振りまき、裸体を仰け反らせた。

「もしかして、こういうのが好きなんですか？」

意識的にカリで膣壁をえぐりあげてみる。すると、膣のなかがビクビク震えて、大量の愛蜜が溢れ出した。

「はあああッ、い、いいっ」

小百合は腰をよじり、豊満な乳房を弾ませながら感じている。乳首も硬くとがり勃ち、乳輪まで充血して盛りあがっていた。

(すごい……すごいぞっ)

浩介は思わず心のなかで叫んだ。

人妻とセックスしているだけでも信じられないのに、こんなにも喘がせている。自分は淡泊なほうだと思っていたが、熟れた女性を喘がせることに無上の悦びを覚えていた。

「ああっ、も、もうダメですっ、はあああッ」

小百合が今にも昇りつめそうな声をあげる。その声に合わせて、浩介は腰の動きを加速させた。

「くおおおッ、イキそうなんですね、イッていいですよっ」

ペニスを思いきり出し入れして、膣壁を擦りあげる。同時に両手で乳房を揉み、硬くなった乳首を指先で摘まんで転がした。

「はあああッ、イ、イクッ、イクイクッ、あはあああああああッ！」

ついに小百合が絶頂に達して、全身に痙攣を走らせる。よがり泣きが室内に響きわたり、女壺がキュウッと締まった。

「ううううッ」

浩介は奥歯を食いしばり、押し寄せる快感の波をやり過ごす。そして、すぐにまたピストンを再開した。

「はううッ、ま、待ってくださいっ」

小百合が慌てたような声をあげる。眉が八の字に歪んでおり、濡れた瞳には怯えの色すら浮かんでいた。

「イ、イッたばっかりだから……」

「俺はまだなんですよ」

「ひああッ」

感度があがっているのか、小百合の唇から裏返った嬌声《きょうせい》がほとばしる。首を左右に振りたくるのを無視して、ペニスをグイグイと出し入れした。

「おおおッ、おおおおッ」

「あああッ、はあああッ」

小百合は涙を流しながら喘いでいる。いつしか浩介のピストンに合わせて、股間をしゃくりあげていた。

「は、激しいっ、あああッ、激しいですっ」

「おおおッ、気持ちいいっ」

欲望にまかせて腰を振る。

人妻を喘がせていると思うと、ますます気持ちが昂《たかぶ》っていく。女壺のなかをかきまわして、亀頭を奥の奥までたたきこんだ。

「あぁッ……あぁッ……」

小百合は手放しで喘いでいる。達した直後に激しく責めたことで、凄まじい反応を示していた。

「おおおおッ、そろそろ出しますよっ」

思いきりなかにぶちまけるつもりで、抽送《ちゅうそう》速度をあげていく。愛蜜の弾ける音が響くなか、ペニスを力強く打ちこんだ。

「はあああッ、ま、またっ、あああああッ、イクッ、イクイクううッ！」

小百合が二度目の絶頂に昇りつめる。女体が感電したように跳ねあがり、ガクガクと痙攣した。

「くおおおッ、お、俺もっ、ぬおおおおおおおおッ！」

浩介も雄叫びをあげて欲望を解き放つ。膣の奥でザーメンを放出して、女壺がうねる感触を堪能する。人妻の熱い媚肉に包まれて、ペニスが蕩けるような愉悦を心ゆくまで味わった。

ふたりは折り重なり、ハアハアと呼吸を乱していた。絶頂の嵐に呑みこまれて、言葉を発する余裕もなかった。

しばらくして、ようやく呼吸が整ってくる。

ペニスは半萎え状態だが、まだ膣のなかに収まっていた。ほんの少し動かすだけで、愛蜜と精液がヌチャッという湿った音を響かせた。

「ああっ、すごかったです」

小百合が下から抱きつき、股間をしゃくりあげる。

絶頂の余韻を楽しんでいるのか、うっとりした顔になっていた。膣のなかは熱気を保ったままだ。人妻にもかかわらず、若い男のペニスが気に入ったらしい。奥から新たな愛蜜が染み出していた。

「まだ、時間ありますよね」

小百合がささやき、恥ずかしげに頬を赤らめる。

彼女のほうから夜這いしてきたのに、最後はすっかり浩介のセックスに翻弄されていた。

（まさか、俺がこんなこと……）

自分で自分が信じられなかった。

この島に来て、なにかが変わったらしい。人妻を夢中にさせるなど、これまでの浩介では考えられなかった。

第五章　性宴の果てに

1

翌日、午前十時——。

浩介は決意を胸に、久我山家へ向かっていた。

もう民宿に戻ることはない。チェックアウトをすませて、荷物をつめたキャリーバッグを引いている。

昨夜のことは、浩介と小百合だけの秘密だ。

今朝、旦那に会ったときは胸の奥がチクリッと痛んだが、それより小百合の淋しさを一時的にでも解消できた喜びのほうが大きかった。

これから久我山家で美智代に会って、最後の交渉を行なう。そして、連絡船で島をあとにする予定だ。

三姉妹とは結婚できない。

それぞれと身体を重ねた結果、いっしょには暮らせないと判断した。彼女たちの性癖にはついていけない。三人のうち誰と結婚しても、すぐに結婚生活は破綻するだろう。身も心も持ちそうになかった。

(問題は断り方だ……)

考えるだけで胃が痛くなる。

美智代の機嫌を損ねないように、細心の注意を払わなければならない。浩介は契約できなかったが、プロジェクト自体が終わるわけではない。ほかの者が交渉に来るので、きちんと納得してもらう必要があった。

うまくやる自信はまったくない。どういう感じで話を展開していくのか、その方針すら定まっていなかった。

久我山家の屋敷が近づいてきた。

気持ちが引きしまると同時に、逃げ出したい衝動も湧きあがる。しかし、勇気を出して歩きつづけた。

(とにかく、やるしかない)

自分自身に言い聞かせる。

美智代に下手なごまかしは通用しない。正直な気持ちを話すしかない。誠心誠意の言葉なら伝わるのではないか。そう信じて接するしかなかった。

玄関の前に立ち、深呼吸をしてからノックする。

遠くから足音が近づき、引き戸が開いた。姿を見せたのは女中のトメだ。例によって無愛想だが、浩介のことは覚えているようだ。

「どうぞ、お入りください。美智代さまが、お待ちになっていらっしゃいます」

こちらから用件を伝える前に、招き入れてくれる。

美智代は首を長くして待っていたに違いない。三姉妹のなかから、誰かが選ばれると信じているのだろう。

（大丈夫かな……）

緊張感が高まっていく。

この状況で結婚を断るのだ。美智代が怒り出すのではないかと気が気ではない。しかし、破綻するとわかっているのに結婚はできない。数か月で離婚することになったら、それこそ美智代の逆鱗に触れてしまうだろう。

「こちらで少々お待ちくださいませ」

初日に訪れた和室に通される。トメが一礼して立ち去ると、浩介の胸に不安がひろがった。

落ち着かない気持ちで正座をする。

ずいぶん待たされている気がするが、腕時計を確認すると、まだ数分しか経っていない。たった数分が何時間にも感じられてしまう。じっとしているだけで疲労が蓄積していく。

緊張が極限に達したとき、襖が静かに開いた。

「お待たせしました」

トメが頭をさげて立っており、そのうしろに美智代の姿があった。

「お、お邪魔しております」

浩介は慌てて立ちあがると、腰を九十度に曲げて挨拶する。緊張のあまり、すでに全身汗だくになっていた。

「トメはさがってよい」

美智代が部屋に入ると、トメが襖を閉める。足音が遠ざかるのがわかり、静寂がひろがった。

「それで、心は決まったのか」

美智代は座布団に腰をおろすと、淡々とした声で尋ねる。

まったく期待している感じではない。浩介のこわばった顔を見て、よい返事が聞けないと悟ったのかもしれなかった。

「は、はい……」

浩介は座卓を挟んだ向かい側で正座をする。座布団は外して、これ以上ないほど背すじを伸ばした。

「悩みに悩んで決めました」

そこで一度、言葉を切って気持ちを落ち着かせる。そして、腰を深々と折り、額を畳に擦りつけた。

「申しわけございません。せっかくのお話ですが、お断りさせてください」

自分の声がやけに大きく感じた。

美智代はなにも答えない。浩介は顔を見るのが恐ろしくて、額を畳に擦りつけたまま動けなかった。

どれくらいの時間が経ったのだろうか。心臓がバクバクと音を立てている。額に滲んだ汗が、畳に染みを作っていた。

「理由を聞かせよ」

ようやく美智代が口を開いた。

ここで答えを間違えれば、のちのちの事業にも影響する。自分が嫌われるのは仕方ないが、プロジェクトを終わらせるわけにはいかない。

「三人とお話をさせていただきました。みなさん、素敵な女性で、自分にはもったいないと……」

途中でまずいと気づいて黙りこんだ。

これは自分の本心ではない。取り繕った言葉は、きっと美智代に見抜かれる。ごまかそうとしても無駄だ。たとえ美智代が聞きたくないことでも、本当の理由を伝えなければ、怒らせるだけだと思った。

「あ、合わなかったんです……」

「合わないとは、どういうことだ」

美智代が抑揚のない声で質問する。

「せ、性格は、三人とも合いそうな気が……でも、その……」

セックスしたとは言えず、声がどんどん小さくなってしまう。

すると、美智代が立ちあがって座卓をまわりこんでくる。すぐ目の前に座る気配があり、浩介はますます額を畳に擦りつけた。

「浩介、面をあげよ」

「は、はい……」

恐るおそる顔をあげる。すると、美智代が眼光鋭くにらみつけていた。

「孫娘たちと、なにが合わなかったのだ？」

迫力に気圧《けお》されて言葉につまる。しかし、ここで黙ってしまったら、美智代の気分を害してしまう。

「か、身体のほうが……」

浩介は思いきってつぶやいた。

「ほう、お主は孫娘たちと寝たということだな」

美智代の声は抑揚がなく平坦だ。なにを考えているのか、まったく読み取ることができなかった。

またしても静寂が訪れた。

美智代は無表情でまっすぐ見つめている。浩介は正座をしたまま固まり、ただただ怯えていた。

「正直な男よのぉ……」

美智代はぽつりとつぶやき、意外なことに笑みを浮かべる。唇の端を微かに吊りあげただけだが、それは間違いなく笑みだった。

「身体の相性が合わないか。まあ、そういうことなら仕方あるまい」

「も、申しわけございません」

浩介は再び頭を畳に擦りつけた。

「だが、一夜だけではないのか？」

「はい？」

「寝たのは、それぞれ一夜ずつであろう。男と女の相性が、たった一夜の逢瀬《おうせ》でわかるものかのぉ」

　美智代の言わんとしていることはわかった。しかし、三姉妹との交わりは、一度ずつとはいえ、濃厚なものだった。

「まあよい。それ以上聞くのは野暮というものよ。お主の気持ちはよくわかった。気にするでない」

　美智代はそう言って、鷹揚《おうよう》にうなずいた。

　正直に告げたのがよかったのか、気を悪くした様子はない。それどころか、労《ねぎら》うように浩介の肩をポンポンとたたいた。

「浩介よ。おまえさんに免じて、交渉は今後も継続する」

「あ、ありがとうございます！」

　最悪の事態は避けることができてほっとする。これで、のちに来る者が、プロジェクトの交渉をできることになった。

「ところで、お主は今日、東京に戻るのか？」

　部屋の隅に置いてあるキャリーバッグを見て、美智代が尋ねる。

「はい、夕方の連絡船に乗ります」

「せっかく来たのに、そんなに慌てて帰らなくてもよいであろう。最後にうちに一泊していきなさい」

はじめて聞く、やさしい声だった。

断るわけにはいかない。こういうときは即答するのが肝腎だ。あとで本社に連絡をして、出張を一日延長するしかないだろう。課長に事情を説明すればわかってもらえるはずだ。

「それでは、お言葉に甘えてもよろしいでしょうか」

「遠慮はいらん。トメに食事を用意させよう。今夜はゆっくりしていきなさい」

美智代に勧められるまま、泊まっていくことになった。

残念ながら契約はできなかった。だが、とりあえず交渉は継続できるということでほっとしていた。

2

トメの料理は絶品だった。

久我島で獲れた魚介類と柑橘を使った料理が多く、あらためて温泉リゾートの可能性を感じた。

食事の席には、美智代と三姉妹もいたが、深い話をすることはなかった。すべては終わったものとして、当たり障《さわ》りのない会話をしただけだ。おかげで素晴らしい料理を心から堪能することができた。

風呂も最高だった。

久我山家の浴室は総檜《ひのき》なので香りもよく、なおさらリラックスできた。あとは寝るだけなので、ゆっくり浸かった。温泉リゾートには檜風呂も作るべきだろう。本社に戻ったら、さっそく提案するつもりだ。

今、浩介は客間に敷かれた布団に横たわっている。

枕もとには行灯《あんどん》形のスタンドがあり、十畳の和室をぼんやり照らしていた。布団はフカフカで、お日さまの匂いがする。温泉で火照《ほて》った体を横たえていると、早くも睡魔が忍び寄ってきた。

終わりよければすべてよしという言葉を実感している。

今回の出張はいろいろあって、最初はどうなることかと思ったが、最後の最後にうまくまとまった。

うまい料理を食べて温泉に浸かる。至福の時間を過ごして、浩介の意識は睡魔に呑みこまれていった。

「んんっ……」

息苦しさを覚えて、意識が眠りの底から浮上する。

なにかおかしい。起きあがろうとするが体が動かない。目を開けると、つけっぱなしだったスタンドの光が思いのほか眩《まぶ》しかった。すぐには視界が確保できない。身をよじるが、なぜか体が重かった。

(金縛《かなしば》りか?)

寝ぼけながら、ふと思う。

金縛りに遭《あ》った経験はないが、そういう現象があるのは知っている。意識があるのに体が動かないらしい。今の自分がまさにその状態だ。

やがて、スタンドの光に目が慣れてくる。すると、目の前に大きな桃のような物体があることに気がついた。

(な、なんだ?)

思わず眉根を寄せて凝視する。

よく見ると桃ではない。それは尻だ。白くてまるみを帯びた女性の尻だ。誰かが逆向きになって、浩介の上に乗っているのだ。スタンドの明かりが、紅色の陰唇を照らしている。愛蜜にまみれてヌラヌラと濡れ光っていた。

尻が剝き出しということは、裸なのではないか。その女性が乗っている重みで、金縛りに遭っていると勘違いしたのだ。

(だ、誰だ……)

昨夜、小百合に夜這いされたことを思い出す。だが、ここは久我山家だ。ということは、三姉妹のうちの誰かではないか。

「うっ……」

そのとき、股間に甘い刺激がひろがった。

この感触は舌だ。誰かがペニスを舐めている。スウェットパンツとボクサーブリーフが引きさげられて、ペニスが剝き出しになっているのだ。何者かが太幹の根元を指で支えながら、亀頭に舌を這わせていた。

「ちょ、ちょっと……」

思わず声をかけると、舌の動きがピタリととまった。

「起こしてしまいましたか」

その声は長女の香奈に間違いない。

悪びれるわけでもなく、再びペニスに舌を這わせる。それだけではなく、亀頭を口に含み、飴玉《あめだま》のようにネロネロと転がしはじめた。

夜中に忍んできて全裸になり、シックスナインの体勢でまたがっているのだ。香奈は首をゆったり振って、本格的なフェラチオを開始する。一度セックスしているせいか、恐ろしいほどに大胆だ。

「ううッ……な、なにしてるんですか」

「なにって決まってるじゃないですか。浩介くんのオチ×チンをおしゃぶりしているんですよ」

香奈はペニスを口に含んだまま、くぐもった声でつぶやいた。

「ダ、ダメですよ。こんなこと……」

「いいじゃない。あの夜のことが忘れられないんです。最後にもう一度、楽しみましょうよ……はむンンっ」

ペニスが根元まで呑みこまれて、甘い痺れが下半身にひろがった。

(ま、まずい、このままだと……)

浩介の脳裏に焦りが生じた。

香奈の性欲の強さは身をもって知っている。この調子でペースを握られたら、朝までペニスを貪られてしまう。

「あふっ……はむっ……むふンっ」

「ううぅッ」

香奈が首を振ると、浩介はたまらず快楽の呻きを漏らした。

いつからしゃぶられているのだろうか。すでにペニスは完全に勃起しており、唾液でヌルヌルになっている。このまま受け身でいたら、追いこまれてしまうのは目に見えていた。

（こうなったら……）

反撃するしかない。

浩介は両手をまわして、香奈の尻を抱えこむ。指先を尻たぶにめりこませると、首を持ちあげて口を陰唇に押し当てた。

「あああッ」

香奈の身体に震えが走る。

軽く触れただけで、愛蜜がトロッと溢れた。舌で割れ目をそっと舐めあげれば、さらに女体は敏感に反応する。尻の筋肉に力が入るのがわかり、くびれた腰が右に左に揺れ出した。

「ああンっ、浩介くん」

香奈はうれしそうな声をあげると、ペニスを咥えて首を振る。

柔らかい唇が太幹に密着して、ヌルヌルと上下に動く。唾液を塗りつけながら、スローペースでねちっこく刺激する。

「ううッ……そ、そっちがその気なら……」

こっちも負けていられない。浩介は割れ目を何度も舐めあげると、舌先をとがらせて膣口に埋めこんだ。

「はあああッ」

香奈がいっそう大きな声をあげる。

女壺のなかは愛蜜が大量にたまっていた。舌が侵入したことで、膣口が開いて透明な汁が溢れ出す。浩介は陰唇を覆うように口を密着させると、思いきりジュルジュルと吸いあげた。

「そ、そんなこと……あああぁッ」

愛蜜を飲まれることに困惑しながら感じている。香奈は腰をよじらせながら、ペニスを深く咥えこんだ。

「わ、わたしも……はむぅうッ」

浩介はたまらず呻き声を漏らした。

「おおおッ、す、すごいっ」

ペニスを吸いあげられて、尿道のなかの我慢汁が移動する。吸い出されるのが気持ちいい。腰が震えて射精欲がこみあげた。

(ま、まだだ……今度は負けないぞ)

全身の筋肉に力をこめて、快感を耐え忍んだ。

島での数々の体験が、知らず知らずのうちに浩介を鍛えあげていた。以前ならあっさり射精していたと思うが、今はまだ我慢できる。昨夜、小百合を翻弄したのも自信につながっていた。

女壺に埋めこんだ舌を出し入れして、膣壁を舐めあげる。どんどん溢れる愛蜜をすすり飲み、とにかく膣のなかをかきまわした。

「ああッ……そ、そんなにされたら……」

香奈が困惑の声を漏らす。

前回は完全に香奈のペースで進んでいたのに、今夜は浩介も反撃している。愛蜜を垂れ流すほど感じさせられて、なんとかペースを取り戻そうと懸命にペニスをしゃぶっていた。

しかし、浩介も決して受け身一辺倒にはならない。最初に香奈がシックスナインの体勢を取ってくれたことが有利に働いている。舌を膣から引き抜くと、今度はクリトリスに狙いを定めた。

「そ、そこはダメです……はああンッ」

肉芽に吸いついたとたん、香奈が甘い声を響かせる。ペニスをしゃぶる余裕もなくなり、太幹に指を巻きつけた状態で固まった。

(よし、いけるぞ)

浩介はここぞとばかりにクリトリスに舌を這わせて、唾液を塗りつけながら執拗に舐めまわす。充血して硬くなったところを、今度はチュウチュウと音を立てて吸いあげた。

「はあああッ、い、いいっ」

女体がビクッと跳ねて、香奈の喘ぎ声が響きわたる。

明らかに反応が大きくなり、愛蜜の量も一気に増加した。手応えを感じて膣口に指を埋めこみ、さらにクリトリスを舐めあげる。すると、女体がガクガクと激しく震えはじめた。

「あああッ、も、もうダメっ、浩介くん……お、お願い、欲しいの」

香奈が喘ぎながら懇願する。

どうやら、我慢できなくなったらしい。尻を左右に振って、懸命にアピールしている。この時点で完全にペースは浩介のものになっていた。

女体を自分の上からおろすと、布団の上で仰向けにする。三十三歳の見事な裸体が露になった。たっぷりした乳房と濃い紅色の乳首に惹きつけられる。黒々として濃厚な陰毛も相変わらずだ。

浩介はスウェットを脱ぎ捨てて裸になると、正常位の体勢で覆いかぶさった。

「は、早く……ください」

香奈が焦れたようにつぶやく。瞳はしっとり濡れており、呼吸もハアハアと乱れていた。

「じゃあ、挿《い》れますよ」

興奮しているのは浩介も同じだ。しかし、まだ余裕がある。

勃起したペニスの先端を割れ目に押し当てるが、ふと気が変わった。香奈の求めに応じて挿入すれば、ペースを奪われてしまいそうだ。とりあえず、愛蜜と我慢汁のヌメリを利用して、亀頭をゆっくり上下に滑らせた。

「あっ……ど、どうして？」

割れ目の表面だけを刺激されて、香奈が困惑の声を漏らす。

挿入を求めて腰をよじるが、浩介はペニスの先端で割れ目を撫でつづける。すると新たな愛蜜が大量に溢れて亀頭を濡らした。

「ね、ねえ、浩介くん……早くちょうだい」

香奈が甘い声でおねだりする。

これが騎乗位の体勢だったら、香奈はとっくに挿入して激しく腰をふり、昇りつめていたはずだ。そして、くり返し何度も求めてくるのだ。

焦れているのがわかるから、もっともっと焦らしたくなる。浩介は亀頭の先端をほんの数ミリだけ、膣口に埋めこんだ。

「ああっ、い、挿れて……ちゃんと挿れてください」

「これが欲しいですか？」

「ほ、欲しい……欲しいの、早くっ」

挿入を欲してバツイチ美熟女が取り乱す。膣口がヒクついて、浅く埋まった亀頭に吸いついていた。

「じゃあ、今度は本当に……ふんッ！」

さんざん焦らしてから、一気に根元まで挿入する。亀頭で媚肉をかきわけて、カリで膣壁を擦りながら、勃起したペニスをたたきこんだ。

「はあああああああッ！」

香奈がよがり声をほとばしらせる。背中が大きく仰け反り、女壺で太幹を思いきり締めつけた。

「くうううッ」

とっさに奥歯を食いしばり、急激にこみあげた快感を抑えこむ。射精欲がふくらむが、なんとか暴発はまぬがれた。

「い、いきなり……」

香奈は全身を小刻みに震わせている。呼吸が乱れて言葉がつづかず、目は虚《うつ》ろになっていた。

（もしかして、イッたのか？）

焦らしぬいたためか、挿入の一撃だけで絶頂に昇りつめたらしい。

しかし、香奈の性欲は常人とはレベルが違う。たった一度のアクメで満足するはずがない。こうなったら、徹底的にイカせるまでだ。

「動かしますよ」

両手でくびれた腰をつかみ、腰を振りはじめる。

最初から力強く男根を打ちこむ本気のピストンだ。カリで膣襞を擦りあげては亀頭を最深部にたたきつける。スピードもいきなり全開で、グイグイとリズミカルに出し入れした。

「あぁッ……ま、待ってください、イッたばっかりだから」

やはり挿入しただけで達していたらしい。香奈は慌てて訴えるが、浩介は聞く耳を持たずに腰を振る。とにかく、快楽を与えつづけてイカせまくるつもりだ。前回、自分がやられたことを、やり返したかった。

「こういうのが好きでしたよね」

腰を連続で打ちつけると、大きな乳房がタプタプ揺れる。視覚的にも興奮を煽られて、さらにピストンが加速していく。

「ああぁッ、は、激しいですっ」

香奈の反応が大きくなる。

喘ぎ声を振りまき、背中を弓なりに反らしていく。膣の締まりも強くなり、浩介が受ける快感も倍増した。

「くうッ、ま、まだまだ……おおおッ」

射精欲がふくらむが、さらに激しいピストンを繰り出していく。さらに両手で乳房を揉みしだき、先端で揺れる乳首を摘まんで転がした。

「はあああッ、も、もうダメですっ、ま、また……」

「またイキそうなんですね」

浩介は左右の足首をつかんで大きく持ちあげる。

香奈の尻はシーツから浮いて、やがて股間が天井に向いた。俗にまんぐり返しと呼ばれる体勢だ。浩介は真上からペニスを打ちおろす格好になり、勢いよく腰を振りはじめた。

「ああッ、ああッ、ふ、深いっ」

香奈が慌てたような喘ぎ声をあげる。

浩介の体重が股間にかかることで、ペニスがより奥まで入りこむ。亀頭が膣道の深い場所まで到達して、香奈の性感を追いつめていく。

「はああッ、い、いいっ、あああッ」

「おおおッ……おおおおッ」

膣がうねることで、浩介も唸り声をあげる。腰を激しく振ることで、快感が次から次へと押し寄せた。

「ま、またイキそうっ、あああぁッ、いいっ、イックうううッ！」

肉棒が深く突き刺さった瞬間、香奈がアクメのよがり泣きを響かせる。宙に浮いた両脚がつま先までピーンッと伸びて、小刻みに痙攣した。

「くううッ、で、出るっ、ぬうううううッ！」

蠕動《ぜんどう》する女壺の感触が射精欲を煽り、根元まで埋まったペニスが暴れ出す。熱いザーメンが勢いよく噴きあがって、膣のなかを満たしていく。悶える香奈の顔を見おろしながらの射精で、優越感が胸にひろがった。

3

まんぐり返しでの中出しは、男の支配欲を刺激する。

たった今、たっぷり射精したばかりだが、膣から引き抜いたペニスは萎えることなく硬さを保っていた。

香奈は四肢をシーツの上に投げ出して、ハアハアと息を乱している。だが、これくらいでは満足しないはずだ。先日は五回も連続でセックスしている。すぐ回復するに決まっていた。

（よし、もう一度……）

求められる前に、こちらからぶちこむつもりだ。ガンガンに責め立てて、再び優越感を味わいたい。

さっそく覆いかぶさろうとしたとき、ふいに視線を感じて振り返った。

「さ、紗弥さん？」

襖が開いており、浴衣姿の紗弥が立っていた。

いつからそこにいたのか、無表情で冷たい視線を向けている。実の姉が全裸で呼吸を乱している姿を目にしても、まったく動じた様子はない。香奈はまだ呆けているため、浩介ひとりが動揺していた。

「ど、どうして……」

「どうしてじゃないわよ。姉さんの声が聞こえてきたから」

紗弥が淡々とした声でつぶやく。部屋に入ってうしろ手に襖を閉めると、浩介に歩み寄った。

「意外にやるじゃない。あなたが姉さんを連れこんだの？」

「ち、違います。俺が寝ていたら、香奈さんが……」

本当のことを言ってもいいのだろうか。香奈の印象が悪くなる気がして、思わず言いよどんだ。

「姉さんに襲われたの？」

「そ、それは、その……」

「まあ、どちらでもいいけど」

紗弥は興味なさげに言うと、浴衣の帯をほどきはじめた。

「あ、あの……なにを？」

「あなたがいけないのよ。こんなところ見せられたら、わたしだって……」

浴衣を脱いで、黒いブラジャーとパンティだけになる。

あの夜と同じ格好だ。縛られて嬲《なぶ》られた記憶が脳裏によみがえる。強烈な屈辱と快感を思い出して股間が疼く。屹立したままのペニスが跳ねあがり、先端から透明な汁が染み出した。

「またかわいがってあげる。覚悟しなさい」

紗弥が帯を手にして、浩介の背後にまわろうとする。そのとき、香奈が虚ろな目をしたまま身体を起こした。

「どうして、紗弥ちゃんがいるの？」

不思議そうに尋ねるが、驚いている感じはない。自分が裸なのも、紗弥が下着なのも、まったく気にしていなかった。

「姉さん、だらしないわね」

紗弥が冷ややかな目を香奈に向ける。

浩介に翻弄されて絶頂に追いあげられるところを見ていたのだろう。紗弥には実の姉を見くだすような雰囲気すらあった。

「浩介くん、すごいのよ。もう立派な男だわ」

香奈が意外な言葉を口にする。そして、浩介の肩にしなだれかかった。

絶頂の余韻で朦朧《もうろう》としているのか、それとも先ほどのセックスがよっぽどよかったのか、とにかく香奈は浩介に寄り添っていた。

「わたしなら、そうはならないわ」

紗弥は目つきを鋭くすると、浩介の背後にまわりこんで手をつかんだ。

以前のように、両手を縛りあげるつもりらしい。浴衣の帯を手首に巻きつけようとする。

「や、やめてください」

浩介は慌てて紗弥の手を振り払うと、香奈に視線を向けた。

「見てないで、助けてくださいよ」

困って口走っただけで、本気で助けを求めたわけではない。ところが、香奈は紗弥の手をつかんで引き倒した。

「紗弥ちゃん、ダメよ」

「ちょっと、危ないじゃない」

シーツの上に尻餅をついた紗弥が目を吊りあげる。ところが、香奈は穏やかな笑みを浮かべたまま、紗弥を仰向けに押し倒した。

「ごめんね。浩介くんの命令だから」

「ね、姉さん、どいて」

ふたりは折り重なった状態だ。下になっている紗弥は手足をバタつかせるが、香奈をはねのけることができずにいる。

(今なら、紗弥さんを……)

攻略できるかもしれない。

ふたりがかりで押さえつければ、紗弥の動きを完全に封じることができる。その間に感じさせて、浩介がされたように屈服させるのだ。

身動きを封じて焦らし抜き、絶頂をおねだりさせる。ドSの紗弥がどうなるのか見てみたい。想像するだけで興奮が湧きあがり、新たな我慢汁が溢れ出す。浩介は素早く動き、紗弥の下肢を押さえにかかった。両膝をそろえたところにまたがり、しっかり体重をかけた。

「ちょっと、なにしてるのよっ」

苛立った紗弥の声が聞こえるが、構うことなく押さえつける。

「香奈さんは、手をお願いできますか」

「わかりました」

香奈もあっさり協力してくれる。

先ほどのセックスで、浩介のことを多少なりとも男として認めてくれたのかもしれない。仰向けになった紗弥の頭側にまわりこむと、両腕を引き伸ばすようにして押さえつけた。

「ね、姉さん、離してよ」

ふだんは冷静沈着な紗弥が慌てている。

なにしろ、黒のセクシーなランジェリー姿で、身動きを封じられているのだ。浩介が膝にまたがり、香奈が手首を押さえている。男を嬲ることはあっても、自分が嬲られたことなどないだろう。

「責められるのも、いいもんですよ。俺が教えてあげますよ」

手を女体の下に滑りこませると、ブラジャーのホックをはずす。そして、カップをずらせば、たっぷりした乳房が露になった。

「こんなことして、許さない」

紗弥が怒りに満ちた瞳でにらみつける。

しかし、浩介は怯まない。ふたりがかりなら反撃される心配はないので、じっくり責めることができる。恐れる必要はなかった。

「わたしを誰だと思っているの。わたしは久我山家の——」

「なんとでも言ってください」

興奮状態でなにを言われても響かない。

中途半端でやめるほうが危険だ。やるなら徹底的にやらなければならない。それに今は、香奈という強力な味方がいる。勢いのまま、行きつくところまで行ってやろうという気になっていた。

「じゃあ、はじめますよ」

浩介は宣言すると、紗弥のくびれた腰を指先でスーッと撫であげる。

自分が筆で嬲られたときのことを思い出して、爪の先が触れるか触れないかの微妙なタッチを心がける。

「ンっ……」

紗弥は眉間に縦皺《たてじわ》を刻むが、ほとんど声を漏らさない。意地でも反応したくないのか、全身に力をこめていた。

浩介は脇腹をじっくりと何度も撫であげる。紗弥は無反応を装っているが、全身の皮膚が汗ばんできた。なにも感じていないわけではない。それどころか、ゾクゾクするような感覚に襲われているのではないか。

「我慢しなくてもいいんですよ」

指先を腋《わき》の下まで滑らせる。

無駄毛の処理が完璧で、白くて柔らかい皮膚が剝き出しだ。そこを爪の先でそっと撫でまわす。

「ンンっ……」

紗弥は下唇を嚙んで、声が漏れるのをこらえている。汗の量も増えており、首すじや胸もとがヌラリと光っていた。

「がんばりますね。じゃあ、こっちはどうかな？」

指先を乳房へと移動させる。

まずは大きなふくらみの裾野《すその》をゆっくり旋回して、少しずつ丘陵を登っていく。頂点には濃いピンク色の乳首が鎮座している。徐々に指を近づけていくと、紗弥の息づかいがだんだん荒くなってきた。

「紗弥ちゃん、期待してるのね」

手を押さえている香奈が声をかける。

同性だからこそ、紗弥の気持ちがわかるのかもしれない。実際、紗弥の乳首は触れる前からぷっくりふくらんでいた。

「ち、違うわ」

紗弥が強がってつぶやくが、その声は微かに震えている。額にも玉のような汗が浮かんでおり、全身が火照っているのは間違いない。

「いつまで我慢できるか楽しみですね」

浩介はからかいの言葉をかけながら、いきなり双つの乳首を摘まみあげた。

「うンンっ」

声が漏れかけて、紗弥は慌てて下唇を強く噛んだ。一度セックスしているのに、嬲られて声をあげるのは悔しいらしい。

「不意打ちなんて卑怯《ひきょう》よ」

こんな状況でも、眼光鋭く浩介をにらみつける。

意志の強さには感服するが、浩介も途中でやめる気はさらさらない。指先で双つの乳首をクニクニと転がした。

「不意打ちはしないなんて言ってませんよ」

「くっ……ンンっ」

必死にこらえているが、紗弥の顔はまっ赤になっている。乳首も完全に屹立しており、感度がアップしているのは間違いない。軽く転がすだけでも、眉間に刻まれている皺が深くなった。

「もう乳首はビンビンですよ。ほら、気持ちいいでしょう？」

わざと声に出して、屈辱を煽り立てる。紗弥のようにプライドの高いタイプは、言葉責めがこたえる気がした。

「ほら、乳輪まで硬くなってますよ。身体は正直ですね」

上半身を伏せると、乳首に熱い息を吹きかける。双つの乳首に同じことをくり返して、徹底的に焦らし抜く。そして、紗弥の忍耐力が切れてきたころを見計らって、いきなり乳首にむしゃぶりついた。

「あンンッ」

ついに紗弥の唇から甘ったるい声が溢れ出す。

そんな自分の反応を恥じたのか、紗弥の顔が一瞬でまっ赤に染まる。慌てて視線をそらすと、首を左右に振りたくった。

「ち、違う……こんなの、なんともないわ」

「それなら、こんなことしても大丈夫ですよね」

浩介は口に含んだ乳首に舌を這わせて舐めまわす。そして、唾液まみれになったところに、前歯を立てて甘噛みした。

「ひンッ」

身体がビクッと反応して、悲鳴にも似た声が漏れる。

我慢も限界に達しているらしい。それでも紗弥は怒りの滲んだ瞳で、浩介をにらんでいた。

「紗弥さんは認めなくても、身体のほうはどうでしょうか」

膝にまたがったまま、黒いパンティに指をかける。

紗弥は内腿をぴったり閉じてガードしようとするが、そんなことをしても意味はない。ゆっくり引きさげていくと布地が裏返り、股布と股間の間で透明な汁がツーッと糸を引いた。

「濡れてるじゃないですか。紗弥さんのアソコ、ぐっしょり濡れてますよ」

「ウ、ウソよ、そんなはずないわ……」

紗弥が懸命に否定する。しかし、その声は弱々しい。濡れていることがバレて、羞恥と屈辱に身を灼いていた。

「やっぱり身体は正直ですね」

浩介は最高潮に盛りあがっている。ここまで来たら、あと一歩だ。

紗弥の抵抗はすっかり弱くなっている。執拗に嬲られつづけて、さすがに気力が萎えてきたのかもしれない。パンティをつま先から抜き取っても、もう暴れようとしなかった。

下肢をM字形に押し開き、秘めたる部分を剥き出しにする。サーモンピンクの陰唇は、大量の華蜜にまみれてドロドロだ。発情しているのか割れ目が開きぎみで、透明な汁が次から次へと溢れていた。

「すごいことになってますよ。お漏らししたみたいだ」

浩介が声をかけても、紗弥は顔をそむけて黙りこむ。悔しげに下唇を噛んで目を閉じた。

股間に顔を寄せると、舌先で割れ目を舐めあげる。とたんに紗弥は腰を左右によじり、下腹部を艶めかしく波打たせた。

「はンンっ」

感じているのは明らかだ。舌を動かすたびに愛蜜の量が増えていく。クリトリスを舐めまわせば、女体がヒクヒクと反応した。

「ンっ……ンっ……」

声はこらえているが、昂っているらしい。紗弥は眉を八の字に歪めて、耳までまっ赤に染めていた。

どうやら、クリトリスがとくに感じるらしい。このまま集中的に愛撫すれば、絶頂に追いあげることができそうだ。実際、すでに紗弥は股間をクイクイとしゃくりあげている。自制心を失いかけている証拠だ。

「ンぁッ……はぁッ……も、もうっ」

腰の震えが大きくなる。絶頂が近づいているらしい。しかし、浩介は達する寸前に口を離した。

「ああっ……」

絶頂をはぐらかされて、紗弥が残念そうな声を漏らす。だが、すぐ我に返り、表情を引きしめた。

「どうかしましたか？」

浩介は意地悪く尋ねると、紗弥は首を左右に小さく振った。

「な、なんでもないわ……」

「そうですか。では、つづけますね」

再びクリトリスに舌を這わせる。充血した突起を舐めまわせば、昂った女体は敏感に反応して仰け反った。

「あッ……あッ……」

紗弥の唇が半開きになり、こらえきれない喘ぎ声が溢れ出す。

愛蜜がとめどなく溢れて股間を濡らす。全身がガクガク震えているのは、絶頂が近づいているためだ。

「ああぁッ……」

喘ぎ声が大きくなったとき、浩介は口をスッと離した。すると、紗弥は今にも泣き出しそうな顔になり、懇願するような目を向ける。

「も、もう、許して……」

ささやくような声だが、はっきり聞こえた。

紗弥の心は折れかかっている。だが、彼女の口からはっきり言わせたい。どうしても、自分が強要されたようなおねだりをさせたかった。

浩介は体を起こすと、ペニスの先端を女陰に押し当てる。その間も、紗弥の両手は香奈がしっかり押さえていた。

「これが欲しいですか？」

割れ目はヌルヌルになっており、少し押すだけで入ってしまいそうだ。しかし、あえて挿入せずに、亀頭で表面を撫でつづける。

「ああっ……お、お願い……」

紗弥が腰をよじり、消え入りそうな声でつぶやく。

「なんですか。聞こえませんよ」

「お、お願い……い、挿れて」

ついに紗弥が挿入をねだり、屈辱の涙を流す。そして、もう我慢できないとばかりに股間をしゃくりあげた。

「は、早く挿れて……ああっ、挿れてください」

「一気に挿れてあげますよ」

浩介の興奮も限界まで高まっている。体ごとぶつけるように、勢いよくペニスを突き出した。

「はあああッ、い、いいっ、はあああああああああッ！」

紗弥のよがり声が響きわたる。

貫かれた衝撃で軽く昇りつめたようだ。屈辱の涙が歓喜の涙に変わっていく。もう香奈が手を離しても、抵抗することはない。浩介にしがみつき、自ら腰をしゃくりはじめた。

「も、もっと……あああッ、もっとくださいっ」

「さ、紗弥さんっ、おおおおッ」

いきなり全力のピストンで責め立てる。紗弥を焦らし抜いたことで、浩介自身も焦燥感に駆られていた。射精したくてたまらない。ペニスを激しく出し入れして、媚肉のなかを猛烈に擦りあげる。

「あああッ、いいっ、あああああッ」

あのクールな紗弥が、涙で顔をグシャグシャにしながら喘いでいる。浩介のペニスに屈服して、必死に膣で締めつけていた。

「おおおおッ、気持ちいいっ、ぬおおおおッ」

立場が逆転したことで、異常なまでの興奮が湧きあがる。浩介は雄叫びをあげながら、最後の瞬間に向けて腰を振りまくった。

「はあああッ、も、もうダメっ、またイッちゃいそうっ」

「まだダメです、俺といっしょにイクんですっ」

絶頂をお預けさせて、全力のピストンを繰り出す。愛蜜の弾ける音が響きわたり、快感の大波が次から次へと押し寄せた。

「ああああッ、いいっ、いいっ」

「おおおッ、で、出るっ、出る出るっ、くおおおおおおッ！」

女体を抱きしめて、ペニスを深い場所までたたきこむ。それと同時にザーメンを思いきり注ぎこんだ。

ペニスが蕩けて、全身がバラバラになるような快感が突き抜ける。女性を支配しているという気持ちが、これまでにない嗜虐《しぎゃく》的な愉悦を生み出した。精液が大量に噴きあがり、女壺のなかを満たしていく。

「はあああッ、イクッ、イクイクッ、あはあああああああッ！」

紗弥も絶叫に似た嬌声を響かせる。命令を守って、ザーメンを受けとめると同時に昇りつめた。

汗だくの女体が大きく仰け反り、膣のなかが激しく痙攣する。ペニスをしっかり食いしめたまま、股間から透明な汁をプシャアアアッと噴きあげた。いわゆるハメ潮というやつだ。

「あああぁッ、出ちゃうっ、いやあああぁッ！」

紗弥は困惑の声をあげるが、潮はいつまでも飛び散っている。自分の意志でとめることはできず、全身を震わせながらイキつづけた。

4

「紗弥ちゃんがこんなに乱れるなんて……」

香奈が火照った顔でつぶやき、押し入れから新しい布団を取り出した。

先ほどの布団は、紗弥の潮でぐっしょり濡れている。このままでは寝ることができなかった。

紗弥は濡れた布団の上で伸びている。汗と涙と愛蜜、それに潮まみれになって、ハアハアと荒い息をまき散らしていた。

浩介も紗弥の隣で大の字になって呆けている。

凄まじい快感を味わったことで、頭のなかがまっ白になっていた。香奈と紗弥、ふたりと立てつづけにセックスしたのだ。自分の人生にこんなことが起きるは、思いもしなかった。

「ふたりともしっかりしてください。まだ、これからですよ」

香奈が気になることを口にした。

（まさか……）

ふと気配を感じて顔をあげる。

恐るおそるあたりを見まわすと、部屋の入口に亜紀が立ちつくしていた。ピンクのパジャマを着ており、呆気に取られている様子だ。

「こ、これは、その……」

取り繕おうとするが、すぐにあきらめる。この部屋の惨状を見られたら、言いわけのしようがなかった。

「なんですか、これ？」

亜紀は襖を閉めると、部屋のなかに入ってきた。

「す、すみません、起こしちゃいましたか？」

「当たり前じゃないですか。うるさくて眠れないですよ」

呆れたように言うと、亜紀は頬をふくらませる。そして、伸びている紗弥と新しい布団を敷いている香奈を見やった。

「めちゃくちゃじゃないですか」

「も、申しわけない……美智代さんにも聞こえてますかね？」

さすがにそれはまずい気がする。不安になって尋ねると、亜紀は首を小さく左右に振った。

「おばあさまとトメさんの部屋は、ここから離れているから大丈夫だと思います」

「そ、そうですか……」

ほっと胸を撫でおろす。しかし、亜紀はどんどん不機嫌になっていく。

「わたし抜きで、楽しんでたんですね」

「い、いや、これにはわけが……」

そもそも香奈が夜這いをしかけてきたのがきっかけだ。浩介は助けを求めるように香奈を見やった。

「こうなったら仕方がないですね。浩介くん、亜紀ちゃんの相手をしてあげてはどうでしょうか」

「な、なにを……」

「みんなで楽しみましょう。亜紀ちゃんだけを仲間はずれにしたら、かわいそうじゃないですか」

そう言われて、はじめて気がついた。

香奈は最初からこうなることを見こんでいたのではないか。自分が夜這いをしかければ、妹たちが気づいてやってくるとわかっていたのではないか。すべては計算ずくで、浩介は手のひらで転がされていただけかもしれない。

かった。

「わかりました……」

こうなったら、もうあとには引けない。確かに、亜紀だけ放っておくことはできなかった。

「亜紀さん、こっちに来てください」

新しい布団の上に亜紀を呼び寄せる。そして、さっそくパジャマのボタンを上から順にはずしていく。

「いきなりですか？」

亜紀がとまどいの声を漏らすが、構うことなくパジャマを脱がせる。これで女体がまとっているのは、純白のブラジャーとパンティだけだ。

「この部屋で服を着ているのは亜紀さんだけですよ」

「そうですけど……なんかムードがないですね」

不満げに言いつつ、亜紀は自分でブラジャーを取り、パンティもおろして生まれたままの姿になった。

(やっぱり、かわいいな……)

浩介は思わず見惚《みと》れていた。

形はいいが小ぶりな乳房と淡いピンクの乳首が愛らしい。陰毛はわずかしか生えておらず、白い恥丘と縦溝が透けている。香奈と紗弥、ふたりの姉の裸体を見たあとなので、なおさら発展途上に感じた。

しかし、幼さの残る外見とは裏腹に、亜紀も豊富にセックスの経験を積んでいる。しかも、人に見られて興奮するというアブノーマルな性癖の持ち主だ。舐めてかかると、あっという間にザーメンを搾り取られてしまう。

（よし……）

気合を入れて押し倒そうとしたときだった。

「じゃあ、わたしが大きくしてあげる」

亜紀のほうが一歩早く、目の前にしゃがみこむ。そして、香奈と紗弥の愛蜜が付着しているペニスを、いきなり口に含んだ。

「はむンンっ」

「あ、亜紀さんっ……ううッ」

熱い口腔粘膜に包まれて、甘い刺激がひろがっていく。

柔らかい唇がやさしくカリ首を締めつける。それと同時に唾液を載せた舌が、亀頭の表面を這いまわった。

「亜紀ちゃん……意外と大胆なのね」

香奈が驚いた顔でつぶやく。隣にしゃがみこんで、興味津々《しんしん》といった感じで妹のフェラチオを見つめていた。

「亜紀がこんなことするなんて……」

紗弥も身体を起こして、這い寄ってくる。やはり妹のフェラチオが気になるらしく、近くから凝視した。

「そんなに見られたら、恥ずかしいよ」

亜紀は顔を赤くしてつぶやくが、再びペニスを咥えこむ。そして、硬さを取り戻しつつある肉棒を舐めまわした。

「ううっ……」

異常な状況のなか、快感がふくらんで浩介は唸った。

この島に来るまでは、それほどセックスが得意ではなく、性欲も強いほうではないと思っていた。だが、三姉妹との体験を通じて、急激な変化を実感している。自分でも驚くほど性欲が強くなり、腹の底から欲望が湧きあがっていた。

「あふっ、おいしい……あふンっ」

亜紀がうっとりした顔でペニスをしゃぶっている。

その表情も興奮を煽る材料になり、またしても牡の欲望に火がついた。精液を大量に放出したにもかかわらず、肉棒が雄々しくそそり勃《た》った。

「くううッ、亜紀さん、そろそろ……」

挿入したくてたまらない。早く女壺の熱い感触を味わいたい。欲望はとどまることを知らず、どんどん大きくなっていく。

「もう我慢できないっ」

浩介は亜紀の唇からペニスを引き抜くと、布団の上で仰向けになった。

「上に乗ってください」

「えっ、わたしが上になるの？」

とまどう亜紀の手を取り、逆向きにして股間にまたがる形で立たせた。

股間をのぞきこめば、愛蜜で濡れ光るミルキーピンクの割れ目が見える。そのまま腰をつかんで、屹立したペニスの上でしゃがむように誘導した。

「もう入りますよ」

亀頭の先端が陰唇に触れる。クチュッという湿った音がして、膣口にゆっくり沈みこんでいく。

「ああっ、こんな格好……」

亜紀は小さな声を漏らすが抵抗しない。さらに腰を落として、亀頭が膣のなかに入りこむ。両足の裏をシーツにつけた背面騎乗位の体勢だ。

「ほら、これなら入ってるところをちゃんと見てもらえますよ」

浩介は背後から両手をまわして、亜紀の内腿をグッとひろげる。そうするとM字開脚の格好になり、ペニスが深々と刺さっているのが、正面からまる見えになっているはずだ。

「ああっ、すごいわ」

「根元まで入ってる」

香奈と紗弥が感嘆の声をあげる。

ふたりは真正面に座りこみ、浩介と亜紀の結合部分を見つめている。目を潤ませて呼吸を荒らげる表情から、彼女たちの興奮が伝わってきた。

「や、やだ、見ないで……」

亜紀が声をあげて身をよじる。

激烈な羞恥がこみあげたらしい。しかし、ペニスが根元まで刺さっているので逃げられない。そもそも本気でいやがっているわけではない。その証拠に膣が思いきり収縮して、太幹をギリギリと締めあげていた。

「くううッ、す、すごい……」

浩介はたまらず唸り、腰をグンッと押しつける。ペニスがより深く埋まって、亀頭が膣道の行きどまりに到達した。

「ひああッ、ダ、ダメぇっ」

亜紀が驚いたような声をあげる。

あまりにも深い場所を突かれたことで、女体が大きく仰け反った。膣がますます締まり、強烈な快感が湧き起こった。

「こ、これは……うむッ」

危うく暴発しそうになり、慌てて全身の筋肉に力をこめる。

なんとか快感の波をやり過ごすが、感じているのは亜紀も同じらしい。すぐに腰を振りはじめた。

「あッ……あッ……」

愛らしい切れぎれの声を漏らしながら、股間をクイクイとしゃくりあげる。

脚を大きくひろげて、結合部分をさらした状態で腰を振っているのだ。姉たちに見られることで高まっているのか、愛蜜が洪水のように溢れている。クチュッ、ニチュッという蜜音がどんどん大きくなっていた。

「こんなに濡らして、恥ずかしくないのかしら」

「亜紀がこんなにいやらしいなんて」

香奈と紗弥が蔑《さげす》むような言葉を投げかける。

そうすることで、亜紀がますます昂るとわかっているのだ。実際、見られていることを意識させられて、亜紀の腰の動きが激しくなっていく。

「ああッ、見ないで……あああッ」

口では拒絶しながらペニスをますます締めあげる。尻を弾ませるように腰を振り、肉棒をズボズボと出し入れした。

「おおおッ、こ、これは……おおおおッ」

強烈な快感が押し寄せて、浩介は呻き声をまき散らす。背後から亜紀の細い腰をつかみ、股間を思いきり突きあげた。

「はあああッ、い、いいっ」

亜紀の唇からよがり声がほとばしる。

腰の振り方がますます激しさを増していく。絶頂が迫っているのは明らかだ。姉たちに見られながらのセックスで、今にも昇りつめようとしていた。

「あ、亜紀さんっ、くおおおッ」

浩介も彼女の腰振りに合わせて、股間を連続で跳ねあげる。真下からペニスを突きこみ、女壺をめちゃくちゃにかきまわす。

「い、いいっ、すごくいいのっ、あああああッ」

「ううッ、気持ちいいっ、おおおおッ」

ついに絶頂の大波が轟音を響かせながら押し寄せる。ふたりは瞬く間に呑みこまれて、天高く舞いあげられた。

「はあああッ、イクッ、イクイクッ、あはああああああッ!」

「おおおッ、で、出るっ、くおおおおおおッ!」

亜紀のよがり声と浩介の雄叫びが交錯する。同時に昇りつめて、快楽の嵐に巻きこまれた。

うねる媚肉のなかで、ペニスがドクドクと脈動する。熱いザーメンが次々と噴き出して、全身が震えるほどの快楽が突き抜けた。亜紀も大きく仰け反り、アクメの喘ぎ声を振りまいた。

「そんなに喘がれたら興奮しちゃうわ」

「ああっ、わたしたちに見られながらイッたのね……」

香奈と紗弥がうわずった声でつぶやく。

ふたりとも瞳がねっとりと潤んでいる。亜紀が絶頂に達する瞬間を目の当たりにして、自分たちも昂ったらしい。呼吸をハアハアと乱しながら、内腿をしきりに擦り合わせていた。

5

ペニスを引き抜いて、亜紀を隣におろして横たえる。すると、すぐに香奈と紗弥が寄ってきた。

「浩介くん、もう一回いいかしら……」

「まだ、できるわよね」

ふたりとも顔が火照っている。興奮を抑えられない様子で、仰向けになったままの浩介を左右から挟む形で添い寝した。

「少し休ませてくださいよ。体が持ちません」

そう言いつつ、ペニスは萎えることを忘れたように勃起している。

自分でも理解できないが、興奮状態が持続していた。この島の風土が合っているの

か、それとも三姉妹との相性が合っているのか。理由はわからないが、とにかく何回

でもできそうな気がした。

「ねえ、お願いします」

香奈が猫撫で声でささやき、ペニスに手を伸ばす。太幹に指を巻きつけると、ゆっ

たりしごきはじめた。

「休ませないわよ」

紗弥も反対側から裸体をぴったり寄せて、浩介の耳に舌を這わせる。耳たぶを甘噛

みしては、とがらせた舌を耳孔にねじこんだ。

「ううっ……」

思わず呻き声が漏れてしまう。

気持ちがいいので、しばらくふたりがかりで奉仕させることにする。香奈がペニス

を甘くしごき、紗弥は耳を舐めまわす。それと同時に、ふたりは左右から乳首をいじりはじめた。

「くうッ、そ、それもいいです」

浩介が反応すると、愛撫はさらに加速する。ペニス、耳、乳首、さらにあらゆる場所を撫でまわされることで、快感がひろがっていた。

「オチ×チン、ビンビンですよ」

「いつでも挿れていいのよ」

挿入を欲して、香奈と紗弥が必死に媚《こ》びる。

新たな我慢汁が大量に溢れており、浩介もそろそろ挿れたくなってきた。体を起こすと、欲情しているふたりを見おろした。

「仕方ないですね。そこで四つん這いになってください」

偉そうな口調で命じても、香奈と紗弥が気を悪くすることはない。すぐに起きあがり、浩介の前で並んで這いつくばる。尻を高く掲げて、バックからの挿入をねだる格好だ。

「いい眺めですよ。でも、どうせなら……」

浩介は隣で横たわっている亜紀に視線を向けた。

「いっしょにどうですか」

この際なので、全員で楽しみたい。声をかけると、亜紀はすぐに身体を起こして姉たちの隣で這いつくばった。

右から香奈、紗弥、亜紀の順番に並んでいる。

尻のサイズは香奈がいちばん大きく、亜紀が最も小さい。しかし、どの尻もそれぞれ魅力的だ。とにかく、三姉妹のきれいな尻が三つ並んだ光景は壮観で、思わず見惚れるほどだった。

「さてと、誰から楽しませてもらおうかな」

浩介は三人の背後に陣取ると、尻たぶを順番に撫でまわす。

こうして女性の尻を比べる機会など、そうそうあるものではない。しかも、彼女たちは姉妹だ。年齢を重ねると柔らかくなり、若いほど張りがある。個性を楽しみながら、撫でたり揉んだりをくり返した。

「お、お願いします。もう……」

焦れたような声を漏らしたのは香奈だ。高く掲げた尻を左右に揺らして、挿入をねだりはじめた。

「硬くて大きいのが欲しいです。挿れてください」

「そこまで言われたら仕方ないですね」

香奈の背後で膝立ちになり、豊満な尻を抱えこむ。そして、濃い紅色の陰唇に、ペニスの先端を押し当てた。

「あああッ、こ、これですっ」

待ちかねていた膣口がうねり、軽く触れただけの亀頭を呑みこんでいく。まるで咀《そ》嚼《しゃく》するように蠢《うごめ》き、男根をしっかり咥えこんだ。

「すごいですね。そんなに欲しかったんですか？」

「は、はい、浩介くんのオチ×チンが欲しかったの」

香奈は素直に認めると、尻をグッと突き出した。

「あああッ！」

その結果、ペニスがさらに奥まで入りこみ、愛蜜が大量に溢れ出る。膣が締まって快感がひろがるが、浩介はまだまだ余裕があった。

「今度は俺が動いてあげますよ」

くびれた腰をつかむと、さっそくピストンを開始する。ゆったりとした動きで膣壁を擦りあげれば、女体がブルブル震えはじめた。

「あううッ、い、いいっ」

香奈がたまらなそうに呻き、両手でシーツをかきむしる。もっと強い刺激を欲して、尻を左右に振り立てた。

「ああっ、姉さん……」

それを隣で見ている紗弥が、つらそうな声を漏らす。姉の悶える姿を目にして欲情したのか、四つん這いのまま汗ばんだ裸体をくねらせる。

すると亜紀が裸体を寄せて、紗弥の耳もとでささやいた。

「わたしが慰めてあげるよ」

もしかしたら、レズっ気があるのかもしれない。考えてみれば、亜紀は三姉妹のなかでも最も特殊な性癖の持ち主だ。姉とのレズで興奮したとしてもおかしくない。

「なにを言って――ンンっ」

紗弥の声は途中で呻き声に変化する。

亜紀が唇を奪ったのだ。そのまま紗弥を仰向けに押し倒して覆いかぶさり、ディープキスをしながら乳房を揉みはじめた。

「すごいことになってますよ」

浩介は腰を振りながら、香奈に語りかける。ところが、驚いた顔をするだけで、とくに言葉をかけたりはしない。まともに話す余裕がないらしく、ペニスがもたらす快楽に夢中のようだった。

「ああッ、いいっ、あああッ、いいのっ」

ピストンに合わせて香奈の喘ぎ声が高まり、膣のうねりも大きくなる。

妹たちのからみ合う姿が、香奈の興奮を煽ったのかもしれない。女壺が激しく蠕動して、太幹を奥へ奥へと引きこんだ。

「くううッ、吸いこまれそうだ」

たまらず唸りながら腰の動きを加速させた。

「あンっ、ダメよ……」

隣では紗弥が困惑の声を漏らしている。

亜紀が首すじにキスの雨を降らせて、乳房をこってり揉みあげていた。さらに人さし指と親指で乳首を摘まみ、クニクニと転がしている。

「亜紀、いい加減にしなさい」

「こんなに感じてるクセに……」

次女が窘《たしな》めるが、三女は聞く耳を持たない。ついには乳首にむしゃぶりつき、チュウチュウと吸いはじめる。

「あンンっ、ダ、ダメ、わたしたち姉妹なのよ」

「なに言ってるの。姉妹だからいいんでしょ」

亜紀の右手が股間に伸びる。指先で恥裂を撫であげて、紗弥の裸体がビクッと反応した。

「はああンっ、ダメ……ダメなのに」

拒絶の声が力がこもっていない。紗弥が快楽に流されているのは明らかだ。実の妹に愛撫されて感じていた。

「あああッ、浩介くん、もっと……」

香奈がさらなるピストンを求めている。濡れた瞳で振り返り、しきりに尻を揺すっていた。

「もっと突いてほしいんですね」

「は、はい、めちゃくちゃにしてください」

「どうなっても知りませんよ」

くびれた腰をつかみ直すと、思いきり腰を振る。青スジを浮かべた肉柱をたたきこんで、熟れた女壺を激しく突きまくった。

「あああッ、激しいっ、あああああッ」

香奈が瞬く間に高まっていく。背中が大きく反り返り、やがて熟れた尻をブルブルと震わせた。

「はあああッ、い、いいっ、あああああッ、イクっ、イクうううっ！」

アクメの嬌声が響きわたる。浩介は次に備えて射精をこらえたが、香奈は隣から聞こえる紗弥の喘ぎ声に影響されたのか、いとも簡単に昇りつめた。

「あッ、あッ……あ、亜紀っ」

膣に指を挿れられて、紗弥が艶めかしい声をあげる。脚を開いて腰を浮かせた淫らな格好になっていた。

「イキそうなんでしょ。イッてもいいよ」

亜紀の声が引き金になったのか、紗弥の全身に痙攣が走る。

「はああッ、ダ、ダメっ、イクッ、イクッ、はあああああッ！」

絶頂に達したのは明らかだ。腰を突きあげた状態でしばらく硬直していたが、急に糸が切れたようにばったり落ちた。

「本当にイッちゃったんだ……ふふふっ」

亜紀が凄絶な顔で笑っている。実の姉である紗弥を絶頂に追いあげたことで、興奮していた。

(あの紗弥さんが……)

信じられない光景だった。

ドSだった紗弥が、妹の愛撫に屈服してぐったりしている。まさか、こんな姿を目にするとは思いもしなかった。

「浩介さん、今度はわたしに……」

亜紀は四つん這いになって尻を向ける。そして、媚びるように高く持ちあげて左右に振った。

「お願いします。挿れてください」

紗弥を強引にイカせたと思ったら、浩介に対しては従順な態度を取る。亜紀の行動は目まぐるしい。

「じゃあ、挿れますよ」

張りのあるヒップをつかむと、ミルキーピンクの割れ目にペニスを突き立てた。

「はあああッ、い、いいっ」

先ほどのレズプレイで興奮していたのだろう。蜜壺はいとも簡単に男根を受け入れて、隙間から大量の愛蜜が溢れ出した。

そのまま根元まで押しこむと、すぐさまピストンを開始する。カリで膣壁を擦りあげては、亀頭の先端で深い場所を刺激した。

「ああッ、いい、気持ちいいっ」

亜紀はすぐにスイッチが入って喘ぎ出す。ペニスの動きに合わせて、身体を前後に揺すり、快楽に溺れていく。

「お姉さんたちが見てますよ」

香奈と紗弥の視線を意識させる。すると、とたんに膣の締まりが強くなった。やはり見られていると大いに感じるらしい。

「ああッ、見ないで……はあああッ」

喘ぎ声がいっそう高まり、膣が猛烈に収縮する。ギリギリと締めつけて、ひとりで勝手に昇りはじめた。

「ああッ、ああッ、も、もうっ、あああッ」

甲高い声をあげて、全身を震わせる。ペニスの感触を味わうように、腰を左右にくねらせた。

「はああッ、イ、イクッ、ああああッ、イクイクううッ！」

絶頂のよがり声が響きわたる。亜紀はアクメに達しながら、尻をグイッと後方に突き出した。

「くおおおッ」

膣が猛烈に締まり、射精欲が一気にふくれあがる。根元まで突き刺さったペニスが絞りあげられて、我慢汁がどっと溢れ出した。

それでも、ギリギリのところで射精をこらえる。まだ紗弥が残っているので、無駄打ちは避けたい。今、射精すると回復に時間がかかりそうだ。流れを切らずに紗弥とつながりたかった。

(危なかった……)

なんとか耐え忍ぶと、ペニスを引き抜く。亜紀が崩れ落ちてうつ伏せになる。すると、そこに香奈が這い寄った。

「亜紀ちゃん、そんなによかったの？」

やさしい言葉をかけるが、どこか様子がおかしい。香奈は汗ばんだ妹の身体を撫でまわしたと思ったら、仰向けにゴロリと転がした。

「ああっ、かわいいわ」

覆いかぶさって口づけを交わす。そのまま舌を入れて口内をかきまわし、ディープキスへと発展した。

「ンンっ……香奈姉さん」

亜紀も素直に受け入れている。両手を伸ばして香奈の首にまわすと、姉妹でしっかり抱き合った。

(すごいことになってきたな……)

浩介はなかば呆れながらも、紗弥に近づいた。

「お待たせしました。紗弥さんの番ですよ」

「ああっ、欲しい……」

紗弥は譫言《うわごと》のようにつぶやき、命じるまでもなく四つん這いになる。

顔を横に向けて頬をシーツに押しつけると、両手を自分の尻たぶにまわして臀裂を割り開いた。サーモンピンクの割れ目が剝き出しになり、白っぽい本気汁がトロリと溢れる。亜紀の指でかきまわされたことで、すでに蕩けきっていた。

「ください……大きいオチ×チン」

紗弥がここまで従順になるとは驚きだ。以前は浩介を嬲り抜いてきたのに、今は彼のペニスを求めて必死に媚びていた。

「挿れますよ……ふんんっ」

濡れた膣口に亀頭を押し当てて、根元まで一気にたたきこむ。とたんに女壺が締まり、尻たぶがブルブル震えた。

「はあああッ、お、大きいっ」

紗弥は頬をシーツに押し当てた姿勢のまま、喘ぎ声をほとばしらせる。ペニスを突きこまれた衝撃で背中を反らして、今にも昇りつめそうだ。

「ううッ、すごく締まってますよ」

声をかけながら腰を振る。からみつく媚肉を引き剝がすように腰を引き、再び根元まで押しこんだ。

「ああああッ、い、いいっ、感じます」

紗弥が甘い声を漏らして尻を振る。ペニスを出し入れするたびに、喘ぎ声が大きくなっていく。

隣では香奈と亜紀がからみ合っている。

「亜紀ちゃん、気持ちいい？」

「あンっ、い、いいっ、ああンっ」

香奈が亜紀の股間に顔を埋めて、陰唇を舐めしゃぶっていた。姉妹での濃厚なレズプレイだ。血のつながりが背徳的な興奮を生み、亜紀はあっという間に追いこまれていく。

「ああっ、そんなにされたら……香奈姉さんも、いっしょに」

亜紀が身体の向きを入れ替えて、横向きのシックスナインの体勢になる。互いの股間に顔を埋めると、膣口に舌を這わせていく。とたんに、ニチュッ、クチュッという愛蜜の音が響きわたった。

「あっちはずいぶん盛りあがってますね。俺たちも盛りあがりましょう！」

浩介は気合を入れて腰を振る。紗弥の尻を抱えこみ、いきり勃ったペニスを勢いよく出し入れした。

「ああッ、は、激しいっ、あああッ」

「おおおッ、締まるっ」

ここまで射精せずに我慢してきたが、さすがにもう限界だ。このまま思いきり発射するつもりで、ラストスパートのピストンに突入する。

「くおおおッ、さ、紗弥さんっ、おおおおおッ」

興奮のあまり視界がまっ赤に染まり、全身の毛穴から汗が噴き出す。それでも腰を振りまくり、ペニスを高速でスライドさせた。

「はあああッ、す、すごいっ、気持ちいいっ」

「こうやって乱暴にされるのが好きなんですか？」

「す、好きっ、あああッ、これ、すごくいいのぉっ」

紗弥が手放しで喘ぎはじめる。嬲られる快楽に目覚めたことで、尻を突き出した屈辱的な格好で貫かれるのがクセになったらしい。いつしか涎《よだれ》を垂らしながら、媚びるように尻を振っていた。

「はあああッ、もうイキそうっ、あああッ、イッちゃいそうっ」

「いいですよっ、いつでもイッてくださいっ」

浩介も絶頂が近づいている。さらに勢いをつけてペニスをたたきこんでいく。

「ひあああッ、い、いいっ、出して、なかでいっぱい出してくださいっ」

あの紗弥が精液を欲しがっている。自分ひとりで達するのをいやがり、熱い粘液を注がれて昇りつめることを望んでいた。

「ううッ、出しますよっ、おおおおッ、ぬおおおおおおおおッ！」

ペニスを根元まで埋めこんで、精液を勢いよく噴きあげる。大量のザーメンが尿道を駆け抜けるのが気持ちいい。男根が内側から溶けるような愉悦がひろがり、浩介は全身を震わせながら雄叫びを轟かせた。

「あああッ、い、いいっ、イクッ、あああッ、イックうううッ！」

紗弥も同時に昇りつめていく。オルガスムスの炎に身を灼かれて、艶めかしい嬌声を振りまいた。

膣道が蠕動することで、射精の快感が倍増する。浩介はこの世のものとは思えない愉悦を味わい、大量の精液を放出した。間違いなく、これまで経験したなかで最高の快楽だ。

「あああッ、もうっ、もうイクわっ、はああああああッ！」

「ああンっ、わたしも、あああッ、ああああああああッ！」

香奈と亜紀のよがり声が響きわたる。

女同士のシックスナインで、ふたりは同時に昇りつめた。股間をしゃぶり合い、背徳的な快楽を貪る姉妹を、浩介は朦朧とした意識のなかで見ていた。

6

嵐が通りすぎたあとのような静寂が訪れた。

ひとつの布団の上に、四人が折り重なるように横たわっている。全員が絶頂に達して、部屋には濃密な空気が漂っていた。

乱れた呼吸の音だけが響いている。誰もが汗と体液にまみれており、艶めかしい匂いがひろがっていた。

どれくらい時間が経ったのだろう。

ようやく体の火照りが鎮まり、呼吸が整ってきた。まだ頭の芯は痺れているが、なんとか話すことはできそうだ。

「本当に帰っちゃうんですか」

静寂を破ったのは亜紀だった。淋しげにつぶやき、小さく息を吐き出した。

「わたしたちの誰を選んでも、相性はいいと思いますよ」

しばらくすると、今度は香奈がつぶやいた。

「ひとりを選ばなくても、わたしたち三人の旦那にすればいいんじゃない？」

とんでもないことを言い出したのは紗弥だ。

しかし、香奈も亜紀も反対することなく、思案する顔になる。もしかしたら、本気で三人の夫にすることを考えているのだろうか。

「ちょっと、なに勝手なことを言ってるんですか」

浩介は黙っていられず口を挟んだ。

ところが、誰も答えない。三人は真剣な顔で見つめ合って、あれこれ意見を交換しはじめた。

「一夫多妻ってことだよね」

「そうなると、四人でひとつの家に住むことになるのかしら」

「彼が毎晩、それぞれの家をまわってもいいんじゃない」

なぜか浩介が島に残る前提で話が進んでいる。

「俺は、まだ残るって決めたわけでは……」

再び口を挟むと、三人が同時に鋭い視線を向けた。無言の圧力を感じて、浩介は思わず黙りこんだ。

「わかったわよ。それなら、誰かに決めてよ」

「わたしたちの誰を選ぶんですか」

「一夫多妻でもいいですよ」

三姉妹が好き勝手なことを言う。

やはり、浩介は島に残ることになっている。でも、三人が望んでくれるのなら、島で暮らすのも悪くないと思いはじめていた。

「もし……もしですよ。三人のなかから、誰かと結婚して島に残ったら、俺はどうなるんですか？」

仮定の話として質問する。すると、三人は一瞬、きょとんとした顔になった。

「そんなの決まってるじゃない」

「浩介くん、そんなことも知らなかったんですか？」

「久我山家の当主になるんですよ」

なんとなく、そうではないかと思っていた。

久我山家の当主になれば、この島で崇《あが》められて暮らすことになる。三人の美人姉妹に囲まれての生活は、きっと楽しいに違いない。

（それも悪くないな……）

ハーレムのような毎日を想像して、思わず笑みが漏れた。

今すぐ、ひとりを選ぶことはできない。だが、必ず誰かひとりを選んで結婚すると約束すれば、島に残れるのではないか。そして、三人と生活を共にしながら、じっくり吟味《ぎんみ》するのだ。

美智代も説明すればわかってくれる気がする。きっと三人もいっしょに説得してくれるだろう。

そして、順番は逆になるが、先に契約を交わすのだ。

温泉リゾート用の土地を売れば、久我山家には大金が転がりこむ。プロジェクトが成功すれば施設を拡大することになり、さらなる土地が必要になるだろう。そのころになると土地の価値は今よりずっとあがっているはずだ。

久我山家が所有する土地はまだまだたくさんある。観光客を見こんで、新たな商売をはじめてもいい。この島に残れば将来は安泰だ。

「俺、島に残ります」

浩介はきっぱりと言いきった。

まだ誰と結婚するかはわからない。しかし、このまま今の会社でサラリーマンをつづけるより、この島に残ったほうが楽しい人生を送れそうだ。なにより、三姉妹といっしょにいたかった。

「うれしいっ」

亜紀が抱きついて頬にキスをする。

「浩介くん、ありがとう」

香奈も胸板にもたれかかって頬ずりした。

「残ってくれるのね」

紗弥はそう言うと、股間に顔を寄せる。そして、いきなり亀頭をぱっくりと咥えこんだ。

「うわっ、ちょっと、なにしてるんですか？」

浩介が慌てた声を漏らすと、亜紀と香奈も反応する。

「あっ、紗弥姉さん、ずるいっ」

「紗弥ちゃん、はしたないですよ」

ふたりはそう言って、それぞれ浩介の耳と乳首にしゃぶりつく。結局、三人がかりで愛撫されることになり、浩介は快楽の呻き声を漏らした。

「待ってください。毎晩はダメですよ。せめて、一日おきにしましょう。三人を相手にするんじゃ体が持ちませんよ」

必死に訴えるが、三姉妹の耳には届いていない。

これは大変なことになってきた。しかし、浩介の心境とは裏腹に、ペニスは雄々しくそそり勃っていた。


（了）

＊本作品はフィクションです。作品内に登場する人名、地名、団体名等は実在のものとは関係ありません。

長編小説
みだら三姉妹《さんしまい》の島《しま》
葉月奏太《はづきそうた》
2023年1月30日　初版第一刷発行

ブックデザイン…………………… 橋元浩明(sowhat.Inc.)

発行人…………………………………………… 後藤明信
発行所………………………………………… 株式会社竹書房
〒102-0075　東京都千代田区三番町８－１
三番町東急ビル６F
email：info@takeshobo.co.jp
http://www.takeshobo.co.jp
印刷・製本……………………… 中央精版印刷株式会社

■定価はカバーに表示してあります。
■本書掲載の写真、イラスト、記事の無断転載を禁じます。
■落丁・乱丁があった場合は、furyo@takeshobo.co.jp までメールにてお問い合わせ下さい。
■本書は品質保持のため、予告なく変更や訂正を加える場合があります。